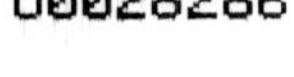
U0028286

苓菁
作品

笭菁
作品

笭菁
作品

苓菁
作品

鬼都

笭菁 著

CONTENTS

楔子 008

第一章．倒吊的女孩 012

第二章．毒誓 028

第三章．重返現場 044

第四章．酆都 061

第五章．同學們 077

第六章．返家 094

第七章・死得其所 109
第八章・最後 124
番外・守護神 132
番外・邪咒校區 170

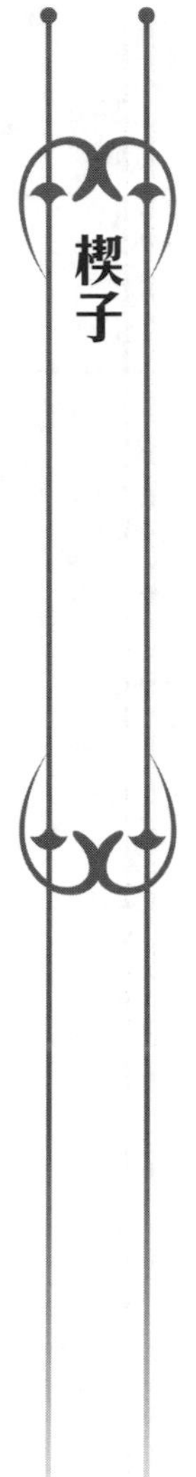

楔子

「放我出去……有沒有人啊！」女孩穿著凌亂的制服，不停敲著眼前的門，「喂——喂——救命！救命！」

「嗚嗚……救救我……救救我啊……」

女孩驚慌的左顧右盼，她的四周一片漆黑，伸手不見五指，整個人擠在窄小的空間裡，出入無門。

為什麼……她不懂，為什麼要這樣對她？她沒有傷害過任何人，為什麼要這樣欺負她？欺負她就會比較快樂嗎？看著她痛苦就會很開心嗎？

她沒有良好的家世，沒有優秀的父母，但是她跟一般人一樣，非常努力認真的生活，安分守己的唸書、過活，從來不曾對任何一個人不好，但是她在學校卻一天到晚被人欺負！所有能想像的花招她都承受過了！她不但沒有報復、也沒有怨天尤人，為什麼就是不肯放過她？

被關在兩坪大的儲物室裡，除了驚恐之外，她再也沒有其他情緒了！

「救命！快點！誰來救救我！」女孩幾近歇斯底里般的，死命敲著門。

她沒有錢辦手機，現在也不可能求救，只求校工能夠仔細巡邏禮堂二樓的儲物間，然後就可以發現她的存在！

只可惜，過了十一點，還沒有人發現她被反鎖在這裡。

女孩縮著身子坐了下來，她打開同學們在嘲弄中扔給她的手電筒，恐懼的照亮這間儲物室裡。

儲物室位在禮堂的二樓隔間裡，只有兩坪大小，裡面塞滿了折疊式鐵椅與一些破爛木桌，白天看起來沒什麼，但是在一個人的晚上看起來，這裡頭感覺好令人不安，更別說連扇窗戶都沒有的漆黑了！

沙沙……疊放的桌椅那邊彷彿有什麼東西在移動似的，傳來不該有的聲響……

女孩越聽，心裡越毛，既擔心又驚恐的縮在地上，雙手搓著雙臂，她不敢想像要在這裡待到天亮，是多麼難熬的事情！

夜深了，她覺得身子骨更寒了。

大膽的往後探向牆壁，她知道自己還有一點空間，撐著地板往門後的角落貼上去。

突然間，手指掠過牆面，竟挖到一處凹凸，而且還掃過了像是紙張的東西。

女孩顫抖著用食指一摳，竟在牆上的洞裡挖出了一張紙，那是一張揉成一小團的紙條，帶了點泛黃，上頭有褐色的色塊。

她緩緩打開紙條，不知道為什麼會有人把這種東西塞進牆壁的洞裡？

「妳也被關在這裡嗎？」

喝！女孩嚇得扔下紙條，一股寒意從腳底竄過背脊，再直達腦門。

那是什麼紙條？為什麼會寫那句話？彷彿知道她真的被關在這裡似的……可是紙條看起來年代久遠，好像被塞在那裡很久了……

難道說，以前也曾經有跟她一樣的人……被關在……這裡？

女孩全身繃緊，一些恐怖的想法開始在腦海裡浮現。

喀！

某個聲音，隱約但準確的從黑暗的桌椅裡傳出來。

「誰！」女孩宛如驚弓之鳥，把手電筒移向堆疊的課桌椅。

喀吱——吱吱——吱——吱——

某個像指甲刮地板的聲音倏地傳來，劃破了夜裡的寧靜，也劃開了女孩力持的神智。

「什麼人！誰在那裡！」她貼著牆縫站了起來，恐懼的尖聲喊著，手電筒胡亂照著，因為再怎麼看，這裡面都不可能再藏人了！

這只是間小小儲物間，光是塞進她已經很困難了，更別說裡頭這密密麻麻的課桌椅了！

怎麼可能會有人！

吱——喀喀——吱——

「啊呀——來人啊！放我出去！快點快點！」女孩不顧一切的使出全身的力氣，意圖敲破那明明只是木製的門！

她喊到聲嘶力竭、敲到雙手流了血，門外卻一點動靜也沒有。

而門內的動靜卻越來越清楚……越來越明顯。

喀啦喀啦……佈滿灰塵的課桌椅開始莫名的震動起來，而聲音卻越來越近……

冷汗浸濕了女孩白色的制服，她緊緊貼著牆，一雙手劇烈的顫抖著，卻還是照向黑暗深處。她知道……她心裡知道……那裡有著什麼東西，而且就要出來了，就要出來了——

啪嚓！

第一章・倒吊的女孩

高三生是沒有假期的，我深深的瞭解這一點。

尤其以前期待的春假，在指考前的日子更加難熬，每天除了沒日沒夜的唸書外，還得應付女王的教誨。

「這邊！小珮！」一踏進麥當勞，就看到明君在遠處揮手。

我趕緊拉緊包包走了過去，今天大家都被我們的女王叫到麥當勞唸書，但事實上我知道她們聚在一起一定不是為了唸書，而是為了某件事。

在團體裡，總是會有強勢與弱勢兩方，弱勢的一方柔順不造次，以免被強勢的一方欺壓；而在女生班裡，集智慧與美麗於一身的通常不是天使，而是最可怕的女王！

我走了上前，角落裡果然已經坐定了一個任誰都會回頭側目的美少女。

沈心蘭是班花，也是班上的女王，功課優異、人又長得漂亮，做起事來獨斷獨行，乾淨俐落，那強勢的光環籠罩著班上每一個人，幾乎沒有人敢違逆她！

男同學喜歡她白雪公主般的白皙肌膚與美麗外表，老師們喜歡她卓越的表現，班上的女

同學則分為兩大類，第一類是怕她，第二類是奉承她；不知道哪個大人說過，學校是縮小版的社會，真是一點都沒錯。

我是兩大類的綜合體，因為我膽子很小，你可以叫我俗仔，我也不會否認；因為我真的很怕沈心蘭，但是卻又必須奉承她，像我這種人共有三位，我們就像三名奴隸般，伺候著女王。

另外兩個人呢，一個是最會拍馬屁的明君，她專門說好聽話巴結沈心蘭，而且負責應和她；不管沈心蘭說什麼都對、什麼都聰明、什麼都有理，這種人的另外一個專長，就是狗仗人勢！

被她欺負的同學也一大堆，完全仗著有沈心蘭當靠山似的，還會使喚同班同學做事情！

至於淑婷，她其實是很奇妙的崇拜者，她瘋狂的被沈心蘭的光環迷惑了心智，她拚了命的模仿沈心蘭的外表、穿著、談吐、打扮，甘願為她做牛做馬，只要能看著沈心蘭她就心滿意足……

有人說她是蕾絲邊，對沈心蘭充滿愛慕，我也沒有強力的理由反駁。

而我呢？

我從來不知道為什麼會跟女王型的心蘭在一起，我也不知道她為什麼會找我做朋友，但是我在她身邊像個寄生蟲，什麼都不敢說、什麼也不敢做，我可說是怯懦的代表……雖然心蘭從來沒有欺負過我。

我不僅怕心蘭，我害怕所有的事物，我像是自閉症的女孩，如果可以，我希望可以一輩子躲在家裡，只活在自己的世界裡！

如果不是沈心蘭，我想我應該是被眾人所孤立、被同學拚命欺負的唯一對象吧！

「第三天了，有什麼動靜嗎？」沈心蘭喝了一口可樂，穿著便服的她看起來更加耀眼。

「沒有。」明君搖了搖頭，「我沒接到任何人的電話，表示郭文秀沒告狀囉？」

「諒她也不敢吧？」淑婷說得一臉得意，還陶醉似的看著沈心蘭的臉龐。

我沒說話，只是低著頭，專心的凝視著黃色的桌面。

三天前，也就是放春假的前一天晚上，我們「又」欺負了郭文秀。

郭文秀是心蘭最近的欺負對象，單親家庭的她，個子小、人也內向、家裡很窮，卻反而變成心蘭看她不順眼的理由。

「有個吸毒的爸爸，做雞的媽媽，這種劣種會好到哪裡去？」心蘭總是這樣說。「我是在為民除害耶！」

我覺得，她只是在為自己打發時間找個可憐人而已。

三天前的晚上……喔，高三生從來別奢望在放學時準時走人，我們都得留下來夜自習，郭文秀也不例外，她雖然家境不好，也沒補習，但是她的成績一向都在心蘭之前。

有時我在想，說不定心蘭欺負她，單純只是討厭她的名次老是在她之前而已。學校裡的欺負是毫無理由的，一個人欺負另外一個人，可以單純的因為不順眼，甚至是好玩。

就在三天前夜自習結束前，心蘭要明君跟淑婷埋伏在禮堂後門外的樹叢那兒，而我則代表去誘騙郭文秀往禮堂那兒去，理由是關於「如何從心蘭手中解脫」。

我沒想到郭文秀真的依約前來，她的眸子在黑夜裡閃閃發光，她定定的看著我，然後竟溫柔的笑了笑。

「妳要談的不是從心蘭手中解脫，妳該想的是：怎麼從自己的禁錮中解脫。」

我聽著這句話，呆傻了，還沒來得及反應，明君她們就摀住郭文秀的嘴，往禮堂裡拖了進去。

兩個女生架著郭文秀，拖上了細長的樓梯、進入禮堂舞台後的隔間、再進入儲物間裡。心蘭把她扔進儲物間裡，那裡頭全是桌椅，連一扇窗都沒有，伸手不見五指，是個讓我待一秒鐘就會抓狂的地方！

她們扔給她一支手電筒，然後大聲的嘲笑她，接著走出禮堂，把門外的我拉走了。

我很同情郭文秀，我也不願意這樣待她，但是既然心蘭認定了我是她的跟隨者，為了不違逆她、為了不成為另一個郭文秀，我選擇泯滅自己的良心。

我不希望被關在裡面的是我。

我很自私，我知道……我也知道，我一定會遭受到報應的！

「小珮，妳呢？郭文秀有打給妳嗎？」正對面的心蘭喚了我，「畢竟是妳騙她出來的。」

「沒有……」我搖了搖頭，我的確沒接到郭文秀譴責的電話。

但是我已經在心裡，譴責了自己三天了啊……

郭文秀怎麼了？她被關在那裡面會不會很恐懼？我為什麼不打電話給老師……或是給工友也好，告訴他們有人被關在禮堂隔間的儲物間裡，那暗無天日的可怕地方，那……

那個我死也不會踏入的地方！

啪噠。

麥當勞金黃色的桌子上，突然出現了水滴聲。

「我想她知道說出去會很慘吧？我記得她現在跟阿嬤相依為命，那個阿嬤也成不了什麼氣候！」心蘭的聲音甜美柔膩，繼續跟其他人說著話。

啪噠……

我又聽見從天花板滴落的水，打在我面前那橙黃色的桌面上。

麥當勞空調怎麼這麼差？還弄到漏水？水滴是不大，但是這麼靠近我，水珠都濺上我的臉了！

我有點不悅的稍稍抬了首，我應該先警告心蘭，要不然等一下滴到她，她又要生氣了。

啪噠——這一次，那水滴大大的滴在我面前，小水花四濺。

血紅的、怵目驚心的水滴在我面前的桌面上漫開，血花濺在我臉上！

血！怎麼會是血！

我驚恐的站了起來，慌張的不能自已，嚇得全身發抖！

「小珮？」心蘭狐疑的看著我，「妳在幹嘛？」

「我……」我力持鎮靜，想要跟心蘭解釋，但當我正首時，我卻一個字都發出來。

一張血淋淋的臉咻的從天而降，貼在我的眼前，完全擋住了我的視線。

她垂吊下來，黑色的長髮垂瀉而下，我扣著椅背的手還感受得到她的髮絲，而那張佈滿傷口、血流如注的臉，就這麼貼著我的鼻尖……

我的眼對著她的嘴，看著她正輕輕的笑著，染著血的黃色牙齒露了出來。

「妳……怎麼從自己的禁錮中解脫呢？嘻嘻……」

「哇啊啊！哇呀哇啊——」我緊閉上眼，再也無法遏抑的失聲尖叫。

我還知道自己嚇到往後踉蹌，撞到了什麼，直直跌上了地板，而我的尖叫聲並未停止。

我歇斯底里了，我知道……但是我怎麼可能不歇斯底里！

「小珮！」淑婷跑到我身邊來。

我緊扣住淑婷的手臂，好不容易收起尖叫的嗓子，冷汗浸濕了我全身，侵蝕了我的神智。

所有人都狐疑的看著我，我嚥了口口水，抬首看向面前的空間，看向天花板，並沒有什麼從天而降、倒吊著的女孩。

淑婷攙住我，而我趕緊起了身，衝向心蘭所在的那張桌子，掌心來回的抹著，我也沒有抹出任何一滴水漬。

「小珮，妳在搞什麼鬼？我們被妳嚇到了！」心蘭的聲音裡帶著不悅與擔心，「妳臉色好白，一臉看到鬼的樣子！」

「看到……鬼……」我喃喃的重複心蘭的話。

「文秀……是文秀……」我突地扣住心蘭的手腕，「我看到郭文秀了！」

「什麼？在哪？」心蘭趕緊左顧右盼，一臉被她看到她還要做出什麼事的模樣！

三個女孩開始引頸尋找著，唯獨我……唯獨我僵直著身子站在桌邊，我的腳依舊在顫抖著，我相信我的臉色蒼白，我相信我的冷汗直冒，我更相信我的心快要因為恐懼而跳出來了。

心蘭的座位旁邊就是一條小小的短廊，通往洗手間，那兒出出入入的人眾多，明君她們也睜大眼睛試圖尋找郭文秀的身影。

我坐了下來，幾乎是用搶的般，搶過了心蘭手還扣著的冷飲，直往嘴裡送。

「噯呀……糟糕了妳！」一個戴著棒球帽的小孩子躲在桌子下面，雙手攀住桌緣，露出一雙眼睛看著我，「大姊姊完蛋了！」

我嚇得瞪向他，小男孩卻只是咯咯的笑著，然後一蹦一跳的往另一頭奔去；在他背對著我奔離時，我清楚的瞧見他失去的後腦殼，裡頭的腦子還噗通噗通的跳動著。

我戰戰兢兢的開始跟著心蘭她們環顧四周，只是我的焦點與她們稍微不同。

例如有個站在心蘭身邊的老婆婆，她衣衫襤褸的黏在牆壁上，說她黏著並不恰當，因為她身體有一半已經跟牆壁嵌為一體了。

她喃喃自語的看著地板，然後突然舉起一隻枯槁的手，直指向我的方向。

「大難臨頭囉！ㄚ頭！」老婆婆用那全白色的眼珠看著我，「準備倒大楣了妳們！」

我倒抽了一口氣，立刻屏氣凝神，我告訴自己務必鎮定，我千萬不能慌張，這些東西只是要嚇我而已，只是——

啪！肩上一個重擊，彷彿一根冰刺戳進我的肩頭。

「天作孽猶可違呵……」一滴一滴濃稠的血液滴上我的頭髮，順著髮絲流了下來，「自作孽不可活啊……哈哈哈哈……哈哈哈哈……」

「夠……夠了！」我忍無可忍，大吼一聲就站了起來。

在反應的瞬間，我不免暗叫糟糕，但是已經來不及了。

包括心蘭她們在內，整區麥當勞的客人都愣愣的看著我，繼剛才莫名其妙的尖叫跌倒之後，我又做出了類似瘋子跟神經病的舉動。

我怎麼失控了？不該是這樣的……都是因為他們，他們平常都不會來找我麻煩，為什麼今天接二連三的非找我說話不可！

是的，我為什麼會陰沉？我為什麼會耍自閉？我為什麼不擅與人交際？我為什麼不喜歡參加任何活動——就是因為我看得到！

從有記憶以來，我這雙眼睛就可以清清楚楚的看見活生生的人以及已經死去的死者！

「搞什麼……小珮？」心蘭蹙起了眉，「妳今天發神經嗎？」

「不……對不起……」我緊咬了唇，「我們離開這裡好嗎？拜託……」

第一次不等女王應允，我回身就衝出了麥當勞！

天知道離門口那短短的距離我走得多辛苦，整間麥當勞擠滿了人以外的東西，每個鬼都拎著雙眼看著我，不停的在我耳邊重複一樣的話語：

「妳們死定了……」

「活該……咯咯……誰叫妳們要這麼做……」

「完蛋了……妳們這下永世不得超生了！」

這些詛咒般的字眼在我腦子裡迴響著，逼得我快瘋了！

我腦海裡一直映著倒吊下來的血臉龐，我想著的是郭文秀，我不得不把郭文秀跟那些鬼說的話連在一起！

「林珮雯！」我的手突然被一把拉住！

我嚇得動彈不得，幸好抓著我的手有熱度，否則我一定會更歇斯底里。

「妳走那麼快幹嘛？逃命嗎？」淑婷不悅的甩下我的手，「妳神經兮兮的在搞什麼啦，弄得我們很丟臉耶！」

我嚥了口口水，我想去學校……我現在想去學校看看郭文秀……

如果剛剛那張臉是郭文秀的話，那她恐怕已經……出事……了……

我祈禱這只是我的臆測，因為一個學生被關在那邊三天，不可能沒被人家發現，校工固定時間都會去巡邏校園，這種事是不可能發生的。

「小珮，妳看到什麼了嗎？我們剛剛怎麼找都沒找到郭文秀啊？」心蘭走到我面前，趾高氣揚的質問起我，「妳該不會跟郭文秀串通起來整我們吧？」

「沒有！我才沒有！」我根本沒那個膽子好不好！

要是我敢惹心蘭的話，我早就出面幫助郭文秀了！

在她被壓進馬桶裡沖臉時，在她被拖廁所的拖把抹得滿身時，在她的便當被打翻時，在她的書包被丟掉時……如果我有那份勇氣，早就幫郭文秀出頭了！

「問題是我們沒看到啊！」明君狐疑的看著我，彷彿也視我為叛徒。

「我只是……說……」天哪，我連提議都會結巴，「我意思是說，我們要不要去學校看一下？」

餘音未落，我立刻遭到三雙白眼對待，嚇得我縮往身後的店家櫥窗。

「妳是什麼意思？到學校去幹嘛？」心蘭不客氣的一巴掌就甩了過來，「有哪個嫌犯會回到犯罪現場去嗎？」

「是啊，況且郭文秀也不可能在那邊待三天，妳是什麼用意？」

「妳為什麼突然那麼關心郭文秀？該不會是誘她出來……現在內疚了吧？」淑婷想像力最豐富，「齁！妳是不是已經偷偷給老師通風報信了！」

「不是！不是！」我死命的搖著頭，「我只是擔心……我真的擔心郭文秀還被關在裡面！」

「笑死人了，三天了耶，怎麼可能？」心蘭雙手交叉胸前，怒目瞪視著我，我實在不想承認，她連生起氣來都很迷人，「妳家女兒失蹤三天，妳不會報警嗎？」

『現在為您插播一條重要新聞：中和市有位高三女學生已經失蹤三天，據她的外婆表示，三天前學校放春假前晚的夜自習後，這位女學生就沒有回家。這位女學生平常品學兼優，也沒有什麼特別的朋友，而目擊者指出她似乎往學校反方向走，並且搭上了一輛黑色轎車，警方現在正努力的追查當中……』

我的身後，響起了男主播和藹的嗓音。

我們同時靜了下來，同時回身往櫥窗裡的電視瞧去，在畫面的右上角，出現了一張我們熟到不能再熟的照片，下面寫著：「郭文秀」三個字。

「她……沒回家？」明君的聲音有點乾啞。

「三……三天沒吃飯會不會死啊……」淑婷的聲音則有點抖。

我偷偷的瞄向左方緊挨著我的心蘭，她漂亮的側臉非常平靜，然後揚起了嘴角。

「去學校。」女王一聲令下，我們三個奴僕就跟了上去。

一路上沒有人開口說話交談，我則是緊握著左手腕的舍利子，盡可能不跟過路幽鬼相逢。

我內心浮起了不安，如果郭文秀真的還在學校，那剛剛從天而降的就是鬼魂，表示她已經死了……而她那血流如注的臉又是怎麼一回事？被關在儲物室裡，為什麼會渾身是血呢？

這一切，我知道回到學校一定會得到答案。

學校附近的警力並不多，不知道是哪個眼睛有問題的人說郭文秀上了別人的車，所以警方把範圍擴大到學校以東三百公尺外的「上車地點」，而我們三個就從垃圾車進出的小門溜了進去。

一進到校園，我就幾乎要因緊張而窒息了。

大家都知道，學校裡有很多傳說，多數都起因於「學校蓋在亂葬崗上」，其實這點只是原因之一，重點是冤鬼本來就很多，橫死的鬼魂更多，還有一些是被群聚的鬼魂吸引過來，自成一個小團體的。

比較陰濕的地方都會有這類的鬼魂聚集，而且越聚越多，招朋引伴似的……學校裡的鬼魂不少，三年來我一直假裝看不見他們，免得他們特意跑來整我、或是上課時把眼珠子塞進我衣服裡等等，但是我今天……卻真的看不見他們。

乾乾淨淨，放眼望去，一隻小鬼都沒有。

我的心開始緊窒，這是非常不尋常的狀態，應該佈滿學校的鬼魂，為什麼會突然一隻都不剩？

我記得垃圾場這邊應該有七、八隻垃圾鬼，他們最喜歡窩在成山的垃圾堆裡，但是今天卻完全淨空。

除非有人超渡、除非有人做法事，否則怎麼可以讓一兩百隻鬼瞬間消失？！

或者是……我感到腦門一陣麻，雞皮疙瘩全豎了起來。

或者是有什麼東西……讓他們嚇得不敢待在學校裡？一隻都不敢停留？一刻都不敢待下來？

「走了！妳幹嘛發呆！」淑婷猛然推了我一把。

我不想走……此時此刻，我連邁開一小步都不願意！我為什麼明知道學校有古怪，我還要往古怪裡走？

「妳在幹嘛？」心蘭回首瞪了我一眼，突然把我拉到她前面去，「妳給我走前面。」

「我……」我掙扎著，卻在她一個白眼下噤聲。

我突然覺得，沈心蘭比厲鬼還恐怖。

我們溜到禮堂後面的小門，那裡有條既陡又小的階梯，通往禮堂舞台後的隔間，給使用舞台的工作人員進出專用的。

心蘭是話劇社社長，自然擁有小門的鑰匙。

喀噠，我滿是手汗的手轉開了門，旋即衝出一股風。

「噯呀……」後頭的女孩子們只是輕唉了聲，但是我卻僵硬了身子。

衝出來的哪是風？那根本是禮堂裡那些驚慌失措，嚇得奔逃出來的鬼魂們！

我站在樓梯下，抬頭看著那十幾階的階梯，禮堂裡完全沒有燈光，僅藉著遙遠的窗戶透進的一點光照亮，灰綠色景物裡透露著陰沉的昏暗，充滿著一股詭異的氣氛。

這禮堂裡有著什麼，才會讓那些長居於此的鬼魂們嚇得再次魂飛魄散……

「快點啦！」心蘭一推，把我推進了禮堂裡。

我繃緊著神經，一步一步……踩著嘎吱作響的木梯往上走，每多走一階，我就覺得我的壽命減少了十年。

有什麼在這裡……我感受到扎人的視線，但是我知道有什麼東西，正從上方注視著走上來的我們……

終於來到了儲物室前，我們四個人站在門口，屏住呼吸，試圖抵擋空氣中傳來的酸臭味。

「心蘭……」淑婷恐懼的拉住她，眼看著就要哭出來了。

「我至少要知道她是怎麼死的！」心蘭異常的冷靜，再度看向我，「打開門。」

我倉皇失措的搖著頭，為什麼又是我？為什麼要叫我？

「對喔，禮堂是妳開的門……那明君！」心蘭把明君推向儲物室的門，「把門打開！」

「不——」明君嗚咽一聲，尖叫起來。

「叫妳開！」心蘭下一刻，竟握著明君的手，擱上儲物室門上的橫栓！

就在大家恐懼之餘，栓子喀啦一聲，逼得大家噤了聲。

郭文秀死了，這是我們每個人心裡都猜得到的事實，失蹤三天的消息，隔間裡瀰漫著腐臭味，還有站在門外，就可以看見從裡頭滲出地板的血水……

而我，在剛剛親眼看見了她的陰魂，直抵在我鼻尖。

明君嚇得撞上了牆，所有人都微微顫抖，唯有心蘭，她的臉色蒼白平靜得讓人訝異，唰的拉開了門。

沒有人尖叫，因為我們忘了怎麼尖叫。

郭文秀就半躺臥在門後不遠處，她的身上爬滿了蟑螂蟲子，那一條條的蛆開始靈活的蠕動，她的屍體開始腐爛，惡臭緩緩瀰漫……而她之所以沒有倒在地上、我之所以看見血淋淋的臉龐，全是因為她「掛著」。

是的，牆上有根釘子，她像是後腦勺穿過了那根釘子，掛在上頭。

鮮血如注也已乾涸，她臉上是褐紅色的血跡，一張嘴巴撐到極致，彷彿差一點就要裂開。

而那雙眼睛……她佈滿血絲的眼球爆凸……

她朝向堆疊的課桌椅，以莫名但驚恐至極的表情，結束了十七歲的人生。

第二章・毒誓

日暮西沉，夕陽掛在地平線的另外一邊，彷彿像我快要沉淪的人生。

我們四個人沒有回家，我甚至不大記得大家是怎麼離開學校的，我腦袋一片空白，就這麼跟著心蘭來到她家附近的小山丘上。

我記得第一個衝出去的是明君，但是她卻更快的被心蘭拉了回來，還被甩了重重一個耳刮子，心蘭不許我們任何一個人離開那兒，所以我也就直挺挺的站在原地。

然後……

「我把指紋擦掉了，門閂跟樓下的門那兒都不會有小珮或是明君的指紋。」心蘭坐在我們身邊，一字一字的交代著。

是啊，心蘭比誰都冷靜的拿出面紙，拭除一切我們去過的痕跡。

「我們今天，誰也沒去過學校，知道嗎？」她柔膩的聲音冷然的下著令。

「沒……沒去過……」淑婷全身不住的顫抖，緊抱著雙腳，恐懼的望向遠方。

「誰都不許說出去，不管是今天的事……或是我們把她關進去的事！」心蘭扳過了淑婷的頭，「妳聽清楚了沒！」

「可是、可是萬一被約談……」明君拚命哭著。

「矢口否認知不知道？」心蘭蹙起了眉，不耐煩的把面紙遞給明君。

扣掉心蘭，我意外的冷靜，其實我覺得我是嚇傻了，也有可能是我被更衝擊的畫面震撼到，所以我忘記了哭泣這件事。

「心蘭……妳，都不會覺得害怕嗎？」我幽幽看向了她，這是我震驚的第一件事。

「又不是我殺死她的？我有拿鐵釘釘在牆上，把她推上去嗎？」心蘭竟露出不屑的神情，「我只是把她關進去，她怎麼死的跟我沒關係！」

我深深的覺得，在社會中往上爬的人，或許都真的需要心狠手辣。

「況且工友也嚴重失職，三天都沒巡禮堂？他一定是偷懶，第一天巡視完就把前後門鎖住！要是他有巡邏，郭文秀或許就不會死！」心蘭振振有詞的辯解著，「但是我可不想扯進這件事裡，所以連我們把她關進去這件事，都不能說！」

我曾經看過，在斑馬線邊哭泣的中年男人，他的頭上沒多少頭髮，凸凸的大肚子，拿著酒瓶不停的砸著自己的前額，砸到血流如注，傷口自動癒合，又繼續往額上砸。

我聽見他的聲音，不停的道著歉：「都是我不好，不該喝酒開車……撞了個一屍兩命，我該死……我真該死……」

後來我去翻找報紙，才知道那條路口幾年前發生了一起酒醉肇事的車禍，車主雖然也當場死亡，但是也撞死一個懷孕的媽媽。

他已經死了，卻還待在那邊為自己的錯誤懺悔道歉……對自己施行著永無歇止的懲罰。而我眼前的活人，這個美麗的少女，親手把同學關進儲物室裡，讓她在裡頭受盡黑暗的折磨、甚至間接害得她慘死，卻平靜得驚人，還絲毫沒有愧疚之心！

活人，終究是比死人可怕嗎？

「妳們一個個看起來都不可靠！我還有大好前程，我可不要葬送在一個野種手上！」心蘭銳利的雙眼一個個掃向我們三個，充滿鄙夷之態。

「我……我不會說的！」明君搖著頭，說出沒人會相信的話。

「我、我也不會……」淑婷連正眼都不敢瞧心蘭，誰信她啊？

我沒吭聲，我正在比較心蘭跟厲鬼的區別，正在感受著埋藏在未知未來中的恐懼。

「我不信。」心蘭高傲的抬起頭，那臉龐在夕陽照射下突顯猙獰，「除非妳們願意發毒誓！」

毒誓？心蘭此語一出，讓我們都呆掉了。

在見識她的冷血之後，我又再度見識到她的手段。

郭文秀死亡的狀況是意外，但是我們都知道應該跟警察自首，絕不是緘口不語，假裝沒發生過什麼事。

可是我們都害怕受到警方的質問、害怕被冷眼以待，畏懼於面對自己犯下的過錯，因為我們何等殘忍，竟然做得出把同學關進儲物間這種事！

在脆弱的同時，心蘭的強悍完全震懾了我們，我們沒有辦法掙扎被控制的心態，甚至還要為掩埋過錯而發誓。

心蘭回家拿了幾支蠟燭出來，這兒是她們家的後院山丘，心蘭可以算是千金大小姐，至少擁有半山腰的豪宅，跟我家的小公寓比起來奢華多了。

她遞給我們一人一支蠟燭，再一一點燃，我們四個人環坐著，而她用把小刀在我們環著的空間裡，那夾雜著小草的土上，畫了個電影裡常見的五芒星陣。

「這是什麼？」在她畫完星陣圖時，我不由得打了個哆嗦。

「魔法陣啊！外國不是都這樣畫？」心蘭聳了個肩，「只是個象徵意義，沒關係。」

是嗎？難道沒有人發現空中吹拂的風，在一瞬間變得冷冽嗎？

任何宗教與魔法中都有圖騰，即使是象徵意義，還是具有其威力存在啊！

「來吧！在這裡發誓，絕對不會把關於郭文秀的事情說出去！」心蘭突然遞出了一把閃亮的新刀，「從我們關起她，乃至於我們回到學校的事，一句話都不能說。」

「刀子……刀子要幹嘛？」淑婷慌張的看著心蘭。

「立誓啊?妳以為用嘴巴隨便說說就好了嗎?」心蘭舉起刀子,往淑婷面前送,「我要大家用鮮血立誓,如果妳們誰說了出去,誰就不得好死!」

啊……明君跟淑婷立刻抱頭痛哭,我則感到我坐著的這片土地宛若凍土,因為我的屁股、我的腳都開始因為冰凍而失去知覺,我連血液都像結霜似的寒冷……

這股寒冷絕對不平常,那是可怕的東西接近時的可怕,不僅僅是鬼魂,是夾雜在鬼魂裡的惡靈……說是魔鬼或是惡魔也不為過。

「我先來了。」不愧是女王,心蘭一刀就劃開了手指頭,將血滴進魔法陣裡的凹槽處,「我沈心蘭發誓,如果把對郭文秀的惡作劇以及今天回學校的事說出去,我就會死得悽慘痛苦!」

紅色的血一滴一滴的滴進泥土裡,我卻感到一陣頭暈目眩。

刀子遞給了明君,她顫抖著手劃出了多餘的傷口,血迅速的向下滴落,誓言也在語無倫次中完成;最後是我身邊的淑婷,她咬著牙割開手指,斷斷續續,費了好大一番功夫才把誓言許下。

然後,沾著血的刀子擱在我面前。

我接不過來,因為我全身上下都被冰凍得動彈不得!如果心蘭她們瞧得見,一定可以看見我身上的冰,正透著寒冽之氣!

「小珮，發誓啊！」心蘭的雙眼跳躍著她面前的火燄，咄咄逼人。

我連聲音都發不出來，我全身上下唯一能動的只有眼球，我試圖透露出訊息，但是沒有一個人察覺得到！

我快哭出來了！我倉皇的往地上那個魔法陣瞥去，我連顫抖都沒有辦法，我——咦？我突然瞪大了眼睛，直勾勾的盯著土裡的魔法陣。

土壤是會吸收水的，對吧？這是大自然的常理，血也是液態的一種，剛剛心蘭她們三人所滴下的血，應該會立刻被土壤給吸收。

可是……現在映入我眼簾的是什麼？

由心蘭在土上刻出來的魔法陣裡，竟然盈滿了她們滴入的血！

這不是水泥地啊！為什麼血會無法滲入土裡，為什麼會順著凹處相通，讓這個魔法陣以鮮紅的姿態完整呈現！

「心……心蘭？」淑婷注意到我的眼神了，「我們……我們流的血有那麼多嗎？」

她指向那映照著燭火的魔法陣，看著紅色流動的鮮血。

「而且……土、土不是會把血吸收掉嗎？」連明君也都發起冷來。

心蘭詫異的瞪著魔法陣看，她知道這一切都違反常理，她明知道有什麼事要發生了、有什麼東西要過來了，她卻搶過淑婷手上的刀子，拉起了我的手。

「我們四個人，得同生共死！」她二話不說，劃開了我的手指，「立誓吧，林珮雯！」

滴——答——

我的血，滴進魔法陣裡，傳來清脆的滴水聲。

同一瞬間，郭文秀出現在心蘭的背後，衝著我劃上了一個裂到耳朵的笑容。

黑暗襲上了我，霎時奪去了我所有的知覺。

我醒來時，已經在自己的家裡，媽媽很擔心的看著我，說我發了燒，需要多休息。

我不清楚為什麼無緣無故會發燒，但是我感謝這樣的病況，至少我在春假結束前，不需要天天跟心蘭她們在一起。

藥物讓我昏昏沉沉的，我一點都不討厭這樣，因為昏沉可以讓我失去思考能力，可以杜絕那些令人膽寒的感受。

像是郭文秀的陰魂不散、她死前的神情，還有這種山雨欲來的寧靜。

望著手指上的傷口，我對那個魔法陣更是毛骨悚然，我沒有開口，立誓究竟算不算完成？

一直到開課前一天，我才戰戰兢兢上網去查詢郭文秀的相關新聞，因為媽媽一直沒開口跟我問過：「妳們班的同學怎樣怎樣……」

七天了，屍體早該腐爛發臭，為什麼屍體卻還沒有被發現呢？

我上網查了新聞，發現這兩天甚至連郭文秀失蹤的新聞都消失了，淨是一些其他報導，不再提起中和高三生失蹤的消息。

好怪……真的好怪，從一開始就有太多不尋常的事情發生，但是全數都是徵兆，完全沒有後續！我害怕的就是這樣膠著的情況，這些徵兆何時才會有結果？到底在等些什麼？

我感到身心俱疲，我害怕明天去學校，我更害怕文秀的報復……她報復我們是天經地義的事，因為平常我們欺負她欺負得太慘了，現在她因我們而死，懷抱著怨恨是自然而然的……

嗯？因我們而死？等等，郭文秀為什麼會死？牆上的釘子接近地面，她要如何才會撞上那根釘子？又要如何的力道才會讓釘子穿過頭骨？

我怎麼一直沒想到這件事？還有她的表情才是駭人，彷彿看到了什麼讓她驚嚇至極的景象，才會有那種神情出現……她凸出的眼球是看著、看著堆疊起來的課桌椅……

那裡，有什麼嗎？

我不安的嚥了口口水，我之所以擔任誘騙郭文秀的工作，是因為我不願意踏入儲物間，那裡有一團濃厚的黑霧長年籠罩，從我入學以來就是如此，從來沒有消失過。

我把那邊當作巨大魂魄聚集的地方，我不犯它，它不犯我，所以自始至終從不踏進後台的隔間裡；那天心蘭逼著我們進去時，我其實可以歇斯底里的拒絕，但是我想確定郭文秀的生死，這股力量驅動我往前走。

郭文秀在黑暗的夜裡，待在那令人窒息的地方，是否瞧見了什麼？有什麼被喚醒了？還是誰喚醒了郭文秀？

我不能請假！我必須去上學！我不能逃開這些責任與疑惑！無論儲物間裡發生了什麼事，只要我們不把郭文秀關進去就不會有這些事情！只要我不要誘騙她，她也就不會落得今天這種下場。

我的罪惡感日漸加深，我不希望抱著這樣的痛苦度過一生。

「我沒有立誓。」我抬起頭，對著眼前的空間說著，「文秀，我沒有立誓，所以我明天放學就去找警察自首！」

是啊，找警局說明一切，就算因為這些罪行服刑我也心甘情願，這些是我犯的錯，我原本就該償罪！

結果我的如意算盤打得太美妙了，隔天一早，明君跟淑婷就一同站在我家樓下，以親切的微笑說服我媽，她們是想「跟我一起上學」的好同學。

其實媽媽很信任她們的，尤其是品學兼優的心蘭，我跟誰出去都不行，只要搬出心蘭的

名字，媽媽立刻微笑應允，還會說多跟好學生在一起，對我功課有幫助。

要是媽媽知道我總是被使喚著玩，還一起幫心蘭欺負、污辱同學的話，她的觀念不知道會不會就此改變？

「心蘭叫妳們接我上學嗎？」

「是啊，因為妳還沒發誓。」明君今天的心情真是有別於當日，意氣風發得很。

「我們得預防萬一，以免妳去告密！」淑婷也是一樣，完全沒有了恐懼神態。

「郭文秀的屍體，好像還沒有被發現……」這句話，我是壓低聲音說的。

「閉嘴！」明君突然一臉驚恐，刷白了臉色，「妳、妳別仗著妳還沒發誓就胡說八道！我們一個字都不會說了！」

是嗎？發了毒誓之後，給了她們強心針？讓她們覺得只要隻字不提，事情就可以瞞天過海？

她們一人勾著我一隻手，假裝親密的上學，進入校園前，我明顯的感覺到她們兩人的手一緊，其實非常緊張！

我的心跳得好快，因為我發現同學們一如往常，從踏進校門口起，我還親眼見到打掃禮堂的同學們進進出出，有說有笑——難道沒有人聞到那股令人作嘔的腐臭味嗎？

沒有，是的，連現在正經過禮堂的我也沒有聞到。

這又是一個徵兆！太奇怪了！太詭異了！誰可以對死亡七天的屍首視而不見？又是怎樣的屍體可以七天而不腐臭？

「啊！」我突然像被電到一樣，一顫身子。

「幹、幹嘛？」明君大概太緊張了，也被我嚇到！

「等一下！」我趕緊回身，往大門口外那車水馬龍的方向看過去！

我怎麼會疏忽這麼大的異象？現在映在我眼簾裡是再正常不過的世界，但是這個充滿活人的世界，對我來說就是不正常！

從家裡到學校，一路上……我什麼都沒有看到！

這是什麼時候發生的事？我的雙眼應該可以瞧見不同世界的陰鬼或惡靈，怎麼會突然一隻都沒有？馬路上多到不可勝數的斷肢殘骸、頭破血流的魂魄我都瞧不見了，究竟是我看不見了？還是他們不讓我瞧見了？

我是陰陽眼啊，是個多小的鬼都能瞧清楚的體質，不可能突然一隻都瞧不見的！

這當中有非常大的差別啊！因為那些鬼魂可能是我的保險絲，他們可以如同在麥當勞時一樣，給我適切的警訊！

陰界的事，陰界的鬼絕對比我提早知道。

「早安，小珮。」淡淡的聲音在我身後響起，讓我倒抽了一口氣。

我回過首，美麗乾淨的心蘭，就婀娜的站在我面前，掛著如天使般的笑容。

「妳身體好點了嗎？妳媽說妳一直發燒，我們都沒辦法去探望妳。」心蘭親暱的拉起我的手，往教室方向走去。

「好……好多了。」我全身上下不住的發抖，因為當心蘭對人越親切時，就表示她越想傷害那個人。

「妳——應該沒有多嘴吧？」她在我耳邊輕聲的說道。

我搖了搖頭，我的確沒有對媽媽說什麼。這種幾近喪盡天良的事，我怎麼可能說。

「那就好，下午放學後，記得完成儀式。」她在溫柔裡帶著嚴厲，不許我拒絕。

我開始憂心，要怎麼在她及明君的監視下，跑去跟警察說呢？傳簡訊也傳不到警察局，但是我又不想讓媽媽知道……

來到教室外，我們四個人站在後門口繼續碎語，我看著我身邊那空著的座位，郭文秀的座位；她原先坐在我右手邊，那個座位今天將會空著，永遠的因為我們的惡劣而空下去了……

「妳聽見沒有？！小珮！」淑婷拍了拍我，「好奇怪，新聞都沒在報失蹤的消息了！」

「喔……我、我不清楚，我沒看新聞。」我說了謊。

「等一下導師一定會說這件事，妳們機靈一點。」心蘭交代著，「一定要平常心，要自然——」

「心蘭。」我不禁打斷了她的話，「妳不覺得奇怪嗎？」

「奇怪？什麼奇怪？」

「今天禮堂已經打開打掃了，怎麼可能……什麼事都沒發生？」

都已經要開始早自習了，一點點動靜也無，沒有尖叫聲、沒有騷動，就好像郭文秀根本沒有存在過似的……

我的話說得太明了，讓心蘭她們無法逃避，她深吸了一口氣，看得出來在沉思，那雙白淨的手時而收時而放，像是在掙扎考慮著什麼事。

「我不知道發生什麼事，但是既來之，則安之。」心蘭咬了咬唇，「我們只要裝作什麼事都不知道就好了！進教室吧！」

以不變應萬變嗎？這倒也不失為一個好方法。

但是，我沒有辦法這麼做。

「我是陰陽眼。」我在無預警下宣布了這件事。

心蘭她們轉過頭，瞪大了眼睛看著我，顯得有點不可思議。

「我之所以自閉、陰沉，就是因為我看得見鬼！」我現在簡直是在說出我最不能為人知的事！

「小珮？」淑婷蹙起了眉，一臉我燒還沒退的樣子。

「那天在麥當勞時，我就是看見郭文秀才會尖叫。妳們聽得懂嗎，我看見的不是人，是——」

「閉嘴！」突然一個巴掌甩上，把我嚇得立刻閉嘴。

心蘭緊皺著眉打量我，明君跟淑婷則是用看怪物的眼神看著我，我知道我說出這種事情，只是把自己往悲哀的路上推，說不定下一節下課心蘭就因為看我不順眼，開始把我押進廁所裡惡整……

但是我敢說，是因為我知道我們可能沒有那個閒情逸致，再來玩欺負同學的遊戲。

「妳想嚇唬我們嗎？」心蘭扠起腰來，「妳是去哪裡壯的膽？竟然敢嚇我？」

「我沒有，我說的都是實話。我一直不擅與人交際，是因為我不敢。」我誠懇的看著心蘭，希望她能信任我，「我那天會想要到學校看，就是因為我瞧見了郭文秀的陰魂！」

「林珮雯！妳是什麼意思！」心蘭氣得尖叫，把我往走廊上使勁一推。

我被推倒在地上，引起眾人側目，但是很遺憾的，我不能期待有任何人會幫助我！沒有人敢插手沈心蘭的事情，除非我今天公開被打到見了血，才會有人出面阻止。

「扶她起來！」心蘭很瞭解公開打人這一點，會讓自己下不了台，立刻吆喝明君她們扶我起身。

「沒事吧，小珮！我不小心的！」下一刻，她趕緊上前，親密的幫我撣掉灰塵。

我看著她們三個人的虛情假意，只是再度為自己感到可悲，然後……我的視線落在走廊的另一個方向，心蘭她們三個人的身後。

「小珮，妳……」淑婷看向我，狐疑的皺起眉頭，「妳怎麼了？」

我忘了怎麼呼吸，只能蒼白著臉色，瞪大雙眼。

「幹嘛？一臉看到鬼的樣子……」明君話到此，突然打了住，她該是想起我一分鐘前的自白。

心蘭白了她一眼，卻沒人敢回頭，因為她們知道我「可能」看到了什麼。但是話先說在前頭，我這次不是看到鬼，我是看到一個活生生的人。

「早安。」細小的聲音傳過來，帶著慣性的禮貌，「請借過一下好嗎？」

心蘭她難得鐵青著一張臉，緩緩回頭。

而郭文秀就站在她身後。

大家的腳彷彿綁上了千斤錘般沉重，緩緩的退向一旁，而那嬌小的郭文秀頷首說了聲謝謝，一如往常的走進了教室。

坐在了那應該永遠空下的座位上。

在我突然看不見陰陽兩界的同時，我竟看到了一個應該已經是鬼的活人！

「郭文秀！」國文老師站在上頭，喊出這個駭人的名字。

「有！」而坐在我右手邊的人，高高舉起了手。

我完全不敢相信，我右手邊的位子竟然坐了一個人，而且坐著一個應該已經死亡，但卻又活蹦亂跳的人！

我連偷瞄她都不敢，我深怕一瞄，就會看到她死前那張可怕的面容！

我們那天潛回學校看到的是什麼？在門後邊那具釘在牆上的屍體又是誰的？那明明是郭文秀的啊，我忘不了地板滲出來的紅血、瀰漫在空中的腐臭味，還有她那凸眼張嘴的神情！

這不可能是幻覺的，不會有一種同時讓四個人都產生的幻覺！

我緊握著國文課本，我右手的食指上貼著OK繃，用力一壓還會隱隱作痛，這表示那天黃昏的魔法陣是存在的，心蘭要我們發毒誓，她還拉過我的手劃開傷口……

這一切都該是真實的，但如果是……坐在我身邊的人又是誰？

「小珮……」幽幽的聲音傳了過來，「立可白可以借我一下嗎？」

那聲音緩而慢，帶了點氣若游絲，彷彿刻意調慢速度的語言學習機，透著點詭異。

我在發抖，我也在冒汗，我的身體從頭到腳板透著刺骨的冰冷，冷汗拚命的滲出，反映著我極度的恐懼以及罪惡感。

「嗯……」我頭也不敢抬，只是呆板的點著頭。

那乾淨潔白的手伸了過來，拿走我桌角的立可白；沒有幾秒鐘，那瓶立可白又被遞回來了。

她是誰！她是誰！她真的是郭文秀嗎？誰來告訴我，她到底是——

啪！後頭一個尖銳物突地刺向我的背脊，切斷我緊繃的神經。

我尖叫一聲，保證非常刺耳，而且整個人貼著窗櫺跳了起來，往身後驚恐的看著。

我後頭的同學一臉怔然，彷彿也被我嚇傻了，她手上還拿著一張折好的紙條。

「小珮？妳怎麼了？」台上的老師帶著不悅的聲音，「睡昏了嗎？」

「不……不……」我瞥見坐在最後面的心蘭，她不耐煩的瞪了我一眼。

然後我僵硬的搖了搖頭，遲緩的坐下來，視線還是不由自主的跟我右手邊的郭文秀對上了。

她一如往常的安靜，深黑色的瞳仁靜靜的看著我，臉上一點點血跡也沒有，更別說有一絲死人的模樣。

她只看了我一眼，淺淺的笑著，然後繼續將目光放在她的課本上頭。

「老師，小珮發燒不舒服！」不知道誰高聲喊了出來，「我想送她去保健室。」

「哦？是這樣嗎？，妳身體不舒服嗎？」老師擔憂的走了過來，終於到我的桌前。

我是昏昏沉沉的，但是我是因為過度緊張而導致血液輸送過快，可是我衷心感謝那個聲音，我現在只想盡量離開郭文秀的身邊。

在我搞清楚她是什麼之前。

「我看看……」導師的手覆上我的發燙前額，顯得冰涼沁骨，「嗳呀，好燙啊！妳送她去吧！」

舉手發言的是明君，她一向很機靈，立刻上前扶我出去。

在我走向門口的時候，我覺得背後扎上了好多視線，有許多目光瞪著我瞧，瞧得我背部都在發燙。

或許是心蘭，或許是淑婷，也可能是郭文秀。

「怎麼回事，明君！」才離開教室沒多久，我就雙腿一軟，跪在樓梯口，「那個人是……是誰！」

「妳不要問我……我剛傳紙條就是問妳這件事！」明君一看見我哭出來的淚水，也跟著失控，「妳不是說……妳是那個……陰陽眼嗎？那妳看見郭文秀，她是、是什麼？」

是啊……我是陰陽眼，在我眼裡，郭文秀是什麼呢？

「她……」我根本不敢相信現實發生的事，鼻子一酸，禁不住嚶泣起來。

「她有沒有長得猙獰、血流滿面……還有後腦勺是不是有個洞！？」明君緊張的搖著我，「妳不要哭，快點說啊！」

「妳們兩個可以再大聲一點！想讓整條走廊都聽到嗎？」樓梯上，心高氣傲的聲音傳了過來。

我們兩個抬起頭，看見心蘭帶著淑婷，從容的步下台階，來到我們的面前；這是個很奇怪的感覺，在如此不安定與恐懼的時候，見到始作俑者的心蘭，我們反而會有股心安感。

即使她再殘酷，她還是我們唯一的依賴與支柱。

從事情發生一開始，她就沒有顯現出任何害怕與恐慌，反而是比過去更加冷血的應付所有的事情；她叫明君她們把我往保健室拖，路上誰都不許說話。

我發現她的臉色微微蒼白，唇上失了點血色，我才知道原來沈心蘭也是會害怕的。

我被扶上白色的床鋪上休息，心蘭去跟保健老師不知道說了什麼，等她回來時，保健室只剩我們四個人。

「心蘭，妳們怎麼能在上課中出來？」明君問著。

「我叫淑婷報病號。」她挨近我床邊，坐了上來，「小珮，妳現在可以回答明君的問題了。」

「咦？」突如其來的問題，讓我有些錯愕。

「那個郭文秀，究竟是什麼？」她難得臉色凝重，「妳不是有陰陽眼嗎？她在妳眼中看起來是怎麼樣？」

在我心底深處有股鬆一口氣的感覺，因為看得見郭文秀的不只有我一個人，她並不是徹底的幻覺。

「她……跟大家都一樣！沒有流血、沒有傷口，看起來正常得很……就像普通的人，平常的郭文秀！」

我看了兩眼，確實是這樣的！

「如果是這樣……那我們那天看到的是什麼？」心蘭眉間蹙起了一條紋，顯得有點緊張，「我們都瞧見屍體了對吧？」

我們三個人面面相覷，然後點了點頭。

「會不會……有人惡作劇啊？」淑婷大膽的提出了她的意見。

她話一出，所有人都恍然大悟的看向她！

對啊，我為什麼也沒想到這一點？說不定那天郭文秀是裝死，她故意化了妝躺在那邊嚇我們，讓我們產生莫大的罪惡感，今天又特意以平常的模樣來上學，存心要我們嚇到魂飛魄散！

「好大的膽子！」心蘭氣得立刻站起，「如果是這樣，她死定了！」

「誰幫她化了妝？這事情她一個人做不來的！」明君也同樣義憤填膺，「有誰敢跟我們作對？」

呃……基本上，只要有機會，很多人都想惡整沈心蘭，這個兇手恐怕不是很好找，因為有一大堆嫌疑犯。

只是，事情有這麼單純嗎？

「我……從今天出門起，就看不見鬼了。」我沉重的道出我的看法，「路上或是學校裡，一隻鬼都沒有……」

「那又怎樣？」從心蘭的語氣裡，我聽得出她根本不信我是陰陽眼。

「我們那天來學校時，我也沒看到存在於學校的鬼魂……一般來說，除非很兇狠的惡靈，才會讓那些鬼逃之夭夭。」

話到這裡，我想起我打開禮堂後門那一瞬間，爭先恐後衝出來的鬼魂們。

他們的尖叫聲不絕於耳，不是普通的哀嚎。

「妳意思是說……學校裡有很可怕的東西，讓那些鬼魂不敢來？」淑婷緩緩地翻譯我的意思。

我點了點頭，我不可能忘記鬼魂們哭嚎竄逃的畫面，但是我也沒有忘記今天乾乾淨淨的陽界。

「妳真的有陰陽眼嗎？」心蘭睥睨著我，半信半疑。

「我從來不敢騙妳。」我的心跳得好快，我多希望我在說謊！

我們四人陷入一場靜寂，我看見心蘭的頰畔滴了汗，我感覺得到她的內心興起了恐懼，但是她用意志力與好強給壓制住了。

而最沒用的我呢？我或許是最膽小的人，但是我卻清楚的知道，如果把這種詭異的狀況置之不理的話，會發生更可怕的事情。

「妳說，該怎麼辦？」第一次，心蘭詢問我的意見。

「我們……應該去禮堂看看。」第一次，我做了人生中最大膽的決定。

我要在這種充滿惡意與恐怖的狀態下，踏進我原本死都不願意踏進的地方。

心蘭沒有回話，卻立刻直起身子，往外頭走去，她的意思我們都知道，她同意了我的話，我們必須重返現場。

「嘻嘻……嘿嘿嘿……」

一瞬間，我發現我身後傳來陰邪的笑聲！

我嚇得立刻回首，然而我身後是片牆壁，不該有聲音的！

「小珮？走了！」明君扶我下床，她並沒有聽到那個聲音。

我聽錯了嗎？可是那片牆壁不該有聲音，又不會有人窩在裡面；即便是從外面傳進來，也不該會那麼近……

我覺得身體更熱也更冷了，我的確還在發燒，而且一路昏沉。

我們從保健室出發，一路走向禮堂，這一路上必須先離開本棟樓，筆直的穿過杜鵑花道、再穿過籃球場，才會抵達座落在校門邊的禮堂。

每跨出一步，我都有非常不祥的預感。

而當我遠望禮堂時，連那團讓我畏懼了三年的黑霧都看不見，我不知道該如何形容這種感覺，我第一次覺得黑霧存在是比較好的事情。

籃球場上一個人影都沒有，我知道第一節課是不可能有體育課的，但是整個校園空蕩蕩，連個在走路的老師或教官都沒有……這樣的安靜，更讓我覺得不對勁。

我不認為是我的陰陽眼突然沒了，因為我的毛細孔一個一個張開，寒毛是直直豎立著的。

而從小就準確的第六感，正告訴著我，有無法預料的事情要發生了！

「林珮雯？」肩上一個輕拍，有股力量拉住了我。

我回頭看，是個男生，他氣喘吁吁的看著我，手還按壓在我的肩膀上。

「賀正宇？」我還沒來得及開口，心蘭就趕忙跑了過來。

賀正宇是上一屆的學生會長，心蘭是副會長，只要是學校的人都知道，本校有個長得高又好看，功課又突出的男孩子；而且只要是中和市也都知道，賀正宇連續拿了三屆朗讀及演講作文比賽的冠軍，他帶領的籃球隊又是高中賽第一名。

總而言之，他就是屬於那種風雲人物，隨時隨地都會有女生帶著傾慕眼神看著他，完美如沈心蘭的天之驕子。

我們都知道心蘭從以前就很喜歡他，但是這兩個人高二時為辦活動幾乎形影不離，可是不知道賀正宇是同性戀還是怎樣，竟然對心蘭無動於衷！

我們都是圖書館的義工，在我眼裡的他，的確很受女孩子欣賞，談吐得宜又沒有架子，一點都不像是Gay。

「心蘭？妳們為什麼會在這裡？」他說得萬分疑惑的模樣。

「呃……我們出公差！」心蘭反應一向很快，這就是為什麼所有師長都非常喜歡她的原因。

「是……嗎？」賀正宇的臉上出現複雜的表情，他瞥了心蘭一眼，再環顧校園，然後很快地把視線落在我身上。「妳也是嗎？」

「呃？嗯……」我愣然的回應，然後看著他氣喘如牛。「發生什麼事嗎？你好喘的樣

子。」

我注意著他汗流浹背，喘成這個樣子，他剛剛應該跑得很急吧？

那為什麼……我並沒有聽見身後奔跑的聲音？

「我才要問妳們，發生什麼事情了？」他嚴肅的看著我，樣子變得凝重。

賀正宇為什麼這樣問？他知道什麼事嗎？剛剛心蘭都表明我們是出公差了，為什麼他好似認為我們說謊、而且在隱瞞事情的模樣？

我緊張的看向心蘭，她也跟我交換了眼色，旋即拉著大家回身。

「我們只是出公差，你快去上課吧！」心蘭推著我的背，「你已經遲到太久囉！」

我們快步的往前走去，大家都擔心賀正宇再多問個一字一句。

結果意外的順利，我們加快腳步往前走，後頭沒有任何追問或是上前的聲響！我不由得放下了心，偷偷的回首。

賀正宇已經走了，或許是心蘭提醒了他，都已經第一節課了，他不該待在這邊質問我們……那不該問的問題。

「好安靜……」我踏入禮堂前，回首看了一眼校園。

「現在是上課時間，當然安靜。」心蘭在前頭回應著我。

這種安靜實在太詭異，我以為陽光的樹間會有蟬鳴鳥叫，但是在我四周卻失去了這種聲音，簡單來說，算是一種徹徹底底的死寂。

要不是校門口外的車聲喇叭聲，我想我會以為我到了什麼鬼地方。

心蘭一馬當先，帶著我們從禮堂正門進入，裡面也是空無一人，連盞燈都沒開；所有光線都只能從高處的窗戶投射進來，但也足以照亮整間禮堂。

只是今天透進來的光線不是那麼燦爛明亮，而是透了點灰，讓禮堂的氣氛不知不覺也跟著沉重起來。挑高的木色屋頂，有些晦暗的空間，面前那深綠色的布幔，還有一室停滯的空氣。

踩著木板地，迴響著嘎吱的聲音，大家緩步的往內走去，穿過了舞台的邊門，走上了那陰暗的狹長階梯。

我踏著向上，卻有著很不踏實的感覺，這份平靜太過嚇人，讓我全身不住的顫抖。

心蘭緘口不語，她一路上全都挺直背脊帶領著我們往前走，沒有叫任何人做事，而是自己推開一扇又一扇的門，直到來到儲物間前。所有人屏氣凝神，看著她平靜標緻的面容，喀啦一聲，打開橫門。

地板上沒有滲血、桌椅照舊橫置堆疊，空氣中沒有一絲異味，當然，也沒有什麼郭文秀的屍體！

心蘭皺著眉頭，飛快的走進去探查，在該有屍體的地方，牆上果然有根釘子靠近地面，那根釘子釘在牆上，完全沒有血跡。

「這是木板地，血跡再怎麼洗都不可能洗得掉！」明君也跟著走進去，「為什麼……為什麼……」

我咬著唇，我覺得不安到了極點，甚至有想哭的衝動，但是我只能緊緊搓著我的雙臂，跟著她們往前查看個仔細。

「難道說，郭文秀真的是在整我們？」淑婷話說得有些不確定，因為她實在想不到郭文秀會有這樣的膽子。

有別於禮堂，隔間裡因為只有一扇大窗戶，所以透進來的光使得裡面特別明亮，我們打開儲物間，可以藉著光線看得一清二楚。

只是我覺得外頭的光有點奇怪，不僅是亮，而且是白！白得特別驚人，照在樓上的木板地上，竟然可以呈現灰白的亮度。我的精神狀態一定不大正常，因為我發現我看任何東西都覺得詭異。

頭越來越暈，連看牆壁都覺得牆壁彷彿在波動，我也感到天旋地轉。

不知道誰拉了我一把，我也跟著她們走進儲物間裡，這裡頭透著股淡淡的霉味，大概是這些年代久遠的課桌椅發出的味道。

我看著心蘭鐵青的臉色，她大概已經斷定是郭文秀故意惡整我們，正在盤算更惡毒的反擊方法吧？

嗯？我貼著牆，突然覺得有一絲不對勁。

這間儲物間有這麼大嗎？大到可以容納得下我們四個人嗎？

「為什麼我們塞得進來？」我慌張的拉住淑婷的手，「這裡怎麼可能塞得下我們四個人！」

「咦？」明君也嚇了一跳，她右手向後一探，抓住了心蘭，「心蘭！」

「可能是有人搬出一些桌椅吧？」心蘭還在硬撐，為這情況想著藉口。

只是我發現站在最裡面的心蘭跟明君有一段距離，而她雙手交叉胸前，並沒有跟明君有什麼接觸……而我身邊的人是淑婷，這樣說來，明君她握著的……是誰的手？

「明君……妳的右手握著誰？」我抖著聲音，說不全一句話。

「就心蘭啊！」明君說得一臉理所當然，看向心蘭，卻也在霎時怔住。

她瞧見了心蘭兩隻手，那她手中握的是……

我們再怎麼害怕，還是下意識順著往下看，我說過了，樓上的光線很充足，我們不可能會忽略錯過任何景象。

郭文秀不知何時已躺在心蘭跟明君中間，她的右手被明君緊緊的握著。

而她就如同那天一樣，半坐在地上，後腦勺穿過了釘子，臉部恐懼的朝向心蘭站著的方向——這是一具死屍！

「哇呀——」尖叫聲此起彼落，連心蘭也再也忍受不住！

大家爭先恐後的往外逃，心蘭更是俐落的跳過屍體，推著明君往門外衝，而我身邊的淑婷壓根兒不管我，甚至把我往後推，自顧自的衝了出去。

我當然也不可能遲疑，但是卻在往外奔時，被絆住了腳，直直的跌了下去！

「小珮！」站在外頭的淑婷回過身來，試圖扶我起來。

我掙扎著要起身，卻發現我的腳不是被絆倒……是被握住了。

「啊……啊啊啊……」淑婷蒼白著臉，指著我身後的屍體。

郭文秀的手緊緊握住我的腳踝，我知道！但是我卻不敢回頭看。

我只看得見心蘭跟明君的腳在我面前，她們都不住的發著抖，那是當然的，看到一具屍體在那邊已經夠嚇人了，更別說不知道這屍體究竟哪裡來的！

我們剛剛明明什麼都沒瞧見啊！

我開始死命的踢，我期望把郭文秀的手給踹開，結果不知道怎麼回事，我輕而易舉的掙脫，淑婷飛快的把我拉起來。

「這是什麼！為什麼她的屍體會在這裡！」心蘭尖聲嘶吼起來，「剛剛大家都沒看到吧？郭文秀還在教室裡上課不是嗎？」

「心蘭……好可怕！好可怕！」明君嚎啕大哭，跪坐在地板上。

我趕緊回過身子，我看著躺在裡面那具屍體，再望著我腳上的印子……那是血手印，真的是郭文秀的血手印，她剛剛是握著我的。

「文……文秀……」我的淚飆了出來，「這是怎麼回事……妳要不要……說清楚……」

「妳在幹嘛！妳在跟死人說話！」淑婷嚇得打我，她失控了。

「她不是死人！有太多事太奇怪了！妳們不覺得嗎！」我邊擋著淑婷的攻勢邊大喊著，「這裡本身就很奇怪！這間禮堂、這個學校都有問題！」

「什麼問題！」心蘭衝了過來，蹲在我面前，「妳看到什麼了？今天說郭文秀是活人的也是妳！」

「我說過了，我一個都看不見，那就是最奇怪的地方！」我也跟著哭嚎起來，「這間儲物間剛剛塞得進我們四個人就很奇怪，郭文秀的屍體突然出現更奇怪……」

心蘭已經面白如紙，她緩緩的看向郭文秀，緊緊的握著我的臂膀。

突然間，郭文秀的屍體開始顫動……微微的，低低的笑聲傳了出來。

「呵呵……呵呵……」屍體笑了起來，然後郭文秀轉動了頸子，還因為後腦勺那根釘子的緣故，讓她轉動得很吃力，「想不到妳們也會害怕啊……」

「哇呀呀——」最先尖叫的當然是我，我嚇得躲到淑婷的身後去。

「郭文秀？」心蘭拚命嚥著口水，警戒的瞪著她。

「是呀，我是被妳們關在這裡的郭文秀……」她邊說，邊用雙手撐住地板，試圖著要起身，「噫……噫……呼！真抱歉，頭蓋骨卡著一根釘子，不是很好拔。」

唔……我緊抓著淑婷，從她手臂與腰身間的隙縫看著郭文秀，她使勁的拔起自己的頭，剁的一聲，她終於直起身子，卻扯下了後面半個腦袋，掛在釘子上。

明君已經全然失去理智，不停的撞著地板，淑婷則拉過心蘭，盡可能把她往後拉。

「很可怕對不對？」郭文秀竟淡然一笑，伸手拾起掛在釘子上的半個腦殼，就順手的裝了上去。

那一瞬間，她臉上的血跡全數消失，紊亂的衣服也不復見，取而代之是一個乾淨得體的郭文秀，如同今早上學的她一樣！

有股電流穿過我的身子，我在恐懼之際卻發現了不想知道的端倪。

「妳是……什麼？」我聲如蚊蚋的開口問了，「這裡……是哪裡？」

「小珮，妳一定很奇怪吧，為什麼今早出門後，就再也沒有看見過任何一個鬼魂或靈體！」郭文秀站在門口，很平常的看著我，「可能在想著，妳的陰陽眼是不是失效了呢？」

「妳對我做了什麼嗎？還是對路上的靈魂們……」隨著她上前一步，我就退後一步。

「不，小珮，妳的陰陽眼一點都沒有失誤。」郭文秀輕輕的笑了起來，「妳一樣是看得到鬼的！」

「可是我今天……」我想要反駁，卻發現……我該反駁什麼？

我的陰陽眼如同往常般正常，我應該持續看得到鬼，但是我今天卻沒有看到……或許不是我沒看到，而是因為——

我瞬間想起了導師擱在我前額上冰涼的手、保健室牆裡傳出的聲響、完全空無一鬼的世界，難道說……

我看到的全部都是——

我倒抽了一口氣，抓著淑婷的肩頭，往後跌上了地！

郭文秀卻踩著輕快的步伐往外走去，在離開前還不忘扔給我們一個燦爛的笑顏。

「希望妳們在這裡，也能跟以前一樣受歡迎喔！」

第四章・酆都

我這輩子，絕對沒有想過有朝一日，我的眼底會盈滿我最恐懼的鬼魂！

從我出門的那一刻起，我瞧見的就是什麼世界？路上滿滿的人與車，學校裡笑語盈盈的同學們，全部通通都不是人！

這就是為什麼我瞧不見他們的原因，因為我眼界裡全是鬼，塞不進人類，所以我才會自以為我的陰陽眼失了效；而這棟禮堂不再有黑霧環繞，是因為我們根本已經身處其中。

我們四個人呆坐在隔間裡，或哭泣或失神，在這個沒有時間的地方，我也不知道我們坐了多久。

「難道說……學校的學生都是……鬼？」淑婷是第一個開口的人。

我縮在角落，緊抱著雙腿，下巴藏進膝蓋裡，很呆然的點了點頭，我想除了我們四個人外，沒有一個人是人類。

「小珮，怎麼會有這種事！什麼叫做全部都是鬼？」明君激動的爬到我身邊，死命的搖著我，「妳是說外頭的車子、人、包括全校的人都不是人嗎？」

為什麼要一再問我類似的問題？我流下淚，又點了頭。

「那我們……要怎麼離開這裡？」心蘭哭紅了雙眼，柔聲的問著我。

「我想，這個要問文秀比較清楚。」我連我怎麼進來的都不知道，怎麼會知道要怎麼出去？

雖然我覺得我們可能再也出不去了。

會進入鬼的世界並不單純，更何況如果是郭文秀帶我們進來的，她怎麼可能會輕易放過我們呢？

青少年起於玩心的欺負與惡作劇，終究會得到報應。

「我們走吧！」心蘭突然下了令，「總不能在這裡坐一輩子！」

「心蘭！我不要……我不要！」明君哀求起來，往我身邊縮。

「不要什麼？妳想永遠待在這裡嗎？」心蘭上前一步，把她硬扯了起身，「不走出去，我們就不知道要怎麼離開！」

事實上我也不想出去，當我知道外頭在閒晃的全都是鬼時，我根本不敢踏出這裡一步。

「小珮，站起來！」心蘭的聲音跟刀子一樣，彷彿抵在我喉口。

我這種人大概是天生賤命，而且心蘭的威力遠比鬼魂強大，我扶著牆遲緩的站起，到這個節骨眼了，我依舊不敢違抗她。

外頭非常安靜，我們跟著心蘭往下走，她的腳步非常謹慎，不似之前那樣的無所謂。她身後跟著淑婷，然後是明君，我被扔在恐懼的最後一個。

所以能清楚的看到，一個從牆裡竄出來的人影，忽地站在明君面前，擋住了她的去路！

「哇呀呀——」明君嚇得跳起來，腳一踩空，從樓梯滑了下去。

快到樓下的心蘭眼明手快，一下就閃跳到了另外一邊，淑婷可就沒那麼好運了，被明君拖著往下滾，兩個女孩子緊抱著彼此，咚咚的滾落下去。

最後一個的我當然沒事，只是我根本不敢再跨出任何一步。

「明君，妳沒事吧？」竄出來的鬼影跑上前去，拉起明君的手，「我不是故意要嚇妳的！」

「我沒……啊——鬼啊！」明君嚇得甩開女鬼的手，跟淑婷緊緊相擁。

那鬼影一臉愕然，就那麼跪在地板上，用一臉受傷的神情看向明君。

「妳不記得我了嗎？明君？」說話的女鬼很可愛，是個短髮、滿臉雀斑的女孩，不說她是鬼的話，根本就像個普通女孩。「我是阿杏啊！」

「阿、阿……阿杏？」明君瞪大了眼睛，非常不可思議的看著女孩，「阿杏？」

「妳記得了！記得我了對不對！」叫阿杏的女孩喜出望外的握住明君的手，「就是那個最愛爬樹的阿杏啊！」

「阿杏……可是妳……」明君的恐懼消失了，非常錯愕的打量了阿杏全身上下，「妳怎麼會在這裡？這裡應該都是……」

「呵呵，我死了啊！」阿杏眼睛一瞇，笑彎了眼，「我早就死了！」

死了？這年頭能聽見隨便一個路人甲笑吟吟的跟你說他死了，實在是超級難能可貴的事。

我雙手撐著扶把，站在上面不敢動彈，樓下上演著「久違相逢」，我頭卻痛得要死，發燒一點也沒退。

「小珮。」心蘭曾幾何時來到了我面前，伸出了手，「下來！」

心蘭知道……她一向知道我膽子有多小、我有多沒用，所以她也知道我根本不敢下樓！我帶著感激的搭上她的手，由她牽引著我走到禮堂一樓。

「妳分得出明君跟阿杏誰是鬼嗎？」心蘭淡淡的問著我。

「現在除了我們四個人，應該全部都是鬼。」我戰戰兢兢的回答，「我的眼睛……分不出來。」

心蘭輕嘆了一口氣，緊拉著我的手往前走。

淑婷早就跑過來挨在心蘭身邊，而那邊的明君還在跟阿杏相見歡。

這是很不自然的狀況，極端不自然的狀況，因為這個阿杏口口聲聲說她是明君以前在鄉下的好朋友，那為什麼她現在會穿著我們學校的制服，待在這個鬼學校裡？

「妳什麼時候……往生的？」明君怯生生的問著阿杏。

「喔！好久了……大概從妳轉學之後吧？」名喚阿杏的女孩有著一雙杏眼，亮晶晶的，「妳轉學之後，我就好寂寞，又好無聊，每天都寫信給妳……」

啊！我想起來了！阿杏就是明君提過的「黏人精」，她說過從小她就不喜歡一個粗魯沒氣質的女孩，要不是因為住在隔壁，她連理都懶得理她；好不容易轉到台北的學校，那女孩又一直寫信給她，讓她噁心到極點。

那個既黏人又噁心的女孩，就是這個阿杏？

「呃……我剛上來台北，很多事都在適應中……」明君尷尬的回著，我想她是心虛。

「是啊，我一直寫信、一直寫，也一直等待著妳能回信！結果信沒等到，我就決定上台北找妳了。」

咦？我們怎麼不知道有這段？瞧明君詫異的神情，她也不知道這件事的樣子。

「找我？」

「是啊，我存了車錢，就跑到台北找妳了。」阿杏憨厚般的摸著頭，「然後啊，我在妳家門口，看到了妳家廢紙回收箱裡，有一整疊我寫給妳的信……」

剎那間，空氣的密度變了！

原本的灰白雜帶了渾濁的情感，那是種帶著青綠色的空氣，緩緩的、一點一滴的滲了進來！

「阿杏！不是的！我是因為……」明君想要解釋，卻一邊下意識的往後挪移身子。

「我好難過啊……我是真的很喜歡妳……」阿杏哭了起來，紅色的血如淚水般滑出她的眼眶，「我也知道以前在學校時，妳都故意叫別人欺負我，但是妳對我好……我一直認為妳只是好玩……」

「阿、阿杏……」明君的聲音開始顫抖，因為阿杏哭泣的血淚。

「我帶著妳丟掉的信，一個人回家……我的心好痛好痛，痛到我等不及火車進站……」阿杏掌心向上，伸長了雙手，對著明君，「我就跳下去了！」

同時間，我們都聽見了刺耳的喇叭聲，還有火車煞車的金屬聲！

而跪坐在地板上、那張開雙手的阿杏，她依舊哀淒的看著明君，但是她的手啪嗟的一截一截掉下來，如同被火車輾過的痕跡，而她的腰際開始滲血，染紅了米黃色的制服。

「哇啊！哇啊啊！」明君開始尖叫，心蘭帶著淑婷衝上前，一人架起她一邊的手，往後拖走。

「為什麼……為什麼要這樣對我？」阿杏仍舊滿載悲傷，閃向的眼珠子跟著淚水咚的掉了出來，在地板上滾動著，「妳為什麼要這麼壞心啊——」

哀傷的面容瞬間轉化為猙獰，面目全非的阿杏齜牙咧嘴的高聲嘶吼，地上的斷手重新撲回到她身上，成了灰褐色的殘骸，指甲尖長得宛似刀子，二話不說就朝著明君撲上前。

「不——」心蘭繼續拖著明君，看著衝上前那迅速的身影，不免失控尖叫。

「不要！」我跌向前，剛好抱住心蘭，緊閉上眼睛！

即使閉上眼睛，我還是徹底的感受到那股直撲而來的恨意、那股意圖撕裂我們的恨意！

「阿杏，妳在幹什麼？」

輕柔的聲音傳來，一切動作在瞬間止息。

那個聲音我們非常熟悉且非常恐懼，是郭文秀的聲音。

同時間我感受到一股恐懼，不是來自於明君、心蘭，而是來自於空氣中傳遞過來的波長。

「對……對不起……」阿杏害怕得全身發抖，恭敬的跪在地上，甚至朝著郭文秀跪拜。

阿杏的恐懼與我同波長，我接受得一清二楚。她深切的害怕著從外頭走進來的郭文秀，而且還帶著崇敬的心態。

郭文秀……在這個學校裡究竟擔負著怎樣的地位？

「我不是說過，她們是貴賓嗎？我們要好好的對待她們。」郭文秀停在阿杏面前，聲音冷淡到一絲情感也沒有，「不管妳以前多恨明君，也不許對她出手！」

「是……是我不好，我不該一時失控的！」阿杏的恐懼再次加深了我的，我覺得郭文秀彷彿是極端可怕的惡靈，連鬼魂都會對她如此敬畏。

「道歉！」郭文秀下了令。

阿杏飛快的抬起頭，爬到明君面前，如同中國古代一般，三跪九叩般的一直磕頭。

「明君，我不是故意的！請妳原諒我！對不起！對不起！」叩著叩著，禮堂裡迴盪著她叩頭的聲音。

心蘭掐了掐明君，她才膽顫般的搖搖頭，說她沒事。

「真是抱歉喔，還沒出禮堂就讓妳嚇到了。」郭文秀直挺挺的站在原地，端出一臉虛偽的笑容，「不過因為這裡是鬼都，所以大家出入不會像妳們用走的！」

我們四個人全坐在地上，看著高高在上的郭文秀，我突然有一種似曾相識的感覺。

「放心好了，不會再有人對妳不敬的！我可是吩咐下去，要大家讓妳們賓至如歸！」

睥睨著，郭文秀正睥睨著我們。

她有著強大的權力讓鬼魂們恐懼害怕，她可以指使任何一個靈體，她在這個鬼都裡，是獨一無二的獨裁者。

這跟人界裡的心蘭，不是一模一樣嗎？

心蘭是學校裡的女王，誰都不敢造次，她總是驕傲的蔑視一切，用虛假的笑容對著郭文秀笑，然後用殘酷的方法欺負她。

世界，果真反過來了。

在一個眨眼間，郭文秀跟阿杏紛紛離開，一個從屋頂飛出去，另外一個從地板鑽了出去。只剩下我們四個，緊緊擁在一起。

「我覺得……事情不太妙。」我幽幽的開了口。

「郭文秀在這裡……好像很厲害，那個阿杏好像很怕她耶……」連淑婷都感覺到了。

「明君，那個阿杏……有幾個阿杏那樣的人存在？」心蘭倒是不理會我們的暗示，顧左右而言他。「妳這輩子欺負過多少人啊？」

「我、我不知道……」明君哭著搖頭，她完全無法從驚嚇中恢復。

「心蘭……」我擔心的拍了拍她，她卻只是瞥了我一眼。

我們彼此扶持著站了起身，直直往禮堂外走了出去，外頭站了好多人，一雙雙眼睛全部盯著我們看。

那視線扎人，跟我離開教室時的感覺一模一樣。那時候我感受到的並沒有錯，整間教室的人都在盯著我們……

「明君！我們話劇社需要顧問，妳可以來幫我們嗎？」突然一個女孩子衝了上來，推開淑婷，勾住了明君的手。

「明君同學，上次不小心把果汁潑到妳，妳千萬不要生氣喔！」另一個男孩子上前來道歉。

「明君！這是妳要我寫的作業，我已經寫好了！」又一個女孩子抱著東西上來。

我們被一個一個湧上的人推擠到一旁去，看著明君被團團圍住，我們卻無計可施！好奇怪！這些亡靈想要做什麼？更可怕的是，他們所說的事全都是發生過、或是正在發生的！明君一向狗仗人勢慣了，在校行事總是囂張霸道，人家不小心潑到果汁就生氣、或威脅同學幫她寫作業……

連那些被欺負的人的樣貌，都被這些亡靈擬態得一模一樣！

「心蘭！心蘭！」明君高聲的疾呼，「救我！救我……你們走開！走開！」

我拉著心蘭站在遠處，我們擠不進去，我也不敢擠進去……

空氣的流動，又開始改變了……我詫異的看向眼前的波動，心裡湧起無數的不安！

「對不起……對不起！我跟妳道歉！」第一個開口的女孩子，突然拿起刀子，往頸子上戳去，「我跟妳賠不是了喔……」

唰，鮮紅色的動脈被刺了破，血噴了出來，灑上明君的臉上與身上。

我們跟著尖叫，明君在裡面也高聲喊了出來，但是她的聲音遠比我們還淒厲多了！

再下一個是男生，他們一個一個以自殘的方式，要求明君原諒，比平常更加的卑躬屈膝，比平常更加的卑微……

而阿杏站在一旁，用一種極為冷酷的眼神看著被包圍住的明君，而嘴角冷冷的上揚著，彷彿在觀賞一齣令人拍案叫絕的好戲。

「好痛！呀啊——好痛！」明君的手掙扎的伸了出來，我們看見第四位同學切下自己的手。

血花飛濺出來，濺上了明君，當然還有她身後禮堂的木門。

木門竟冒起了煙，泛出了白色泡沫，瞬間被腐蝕了一個窟窿。

這些亡靈的血是什麼啊！我驚慌的看向明君伸出來的手，她的手正一點一滴的冒著白煙，那些被血滴上的地方，正緩慢的被腐蝕。

「好燙……好燙！哇啊啊啊啊——」明君的慘叫聲越來越淒厲，我完全呆在原地。

「搞什麼？」沒注意到的心蘭也聽出那尖叫聲裡的異常，她是怎麼了？

不顧一切地，心蘭拉著我跟淑婷，竟從鬼潮中擠了進去。

我們好不容易到達明君的附近，心蘭卻止了步，因為她走在最前面，也是第一個看見明君的人。

明君的臉，不知道該怎麼形容了！那已經不能用半張或是一張來形容，由於血是噴濺的，所以她的臉就像月球表面一樣，凹凹凸凸，有的地方是焦黑、有的地方已經蝕穿了肌肉，有的地方正透過白骨，汩汩流出腦漿。

明君的全身上下無一處完整，她肌膚四處冒著腐蝕的化學煙霧，一個洞接著一個洞的透穿她的身軀。

「啊……啊啊啊……」她看著心蘭，腳的關節處已被蝕穿，再也站不起來。

「我真的很對不起啊，希望這樣妳能滿意啊……」不知道第幾個道歉的人，拿扁鑽往她額上捅。

血啪沙的滴下來，滴進明君瞪大的眼睛裡，飛快的腐蝕掉那圓滾滾的眼球。

明君沒有慘叫，因為其他的血將她的頸子也給蝕掉了三分之二，切斷了聲帶的功能。

這還不是最可怕的。

我覺得這種痛楚或許難以忍受，但是最可怕的是，即此到了這個地步，明君還沒死。

她躺在地上，跟一灘爛泥似的，剩下的那隻眼睛只被腐蝕到四分之一，剩下的部分激烈的轉動著；而她的心臟漸漸露了出來，還有腸子也因為失去皮膚與肌肉溢了出來，但是她全身卻開始劇烈的顫動，彷彿在表達無法形容的痛苦。

「會痛嗎？對不起喔！冒犯到妳了！」剩下的亡靈們圍上前去，凌空一伸手，就直直刺進她的胃裡，再使勁把一整個胃給扯了下來，其他的器官也一個一個的被拉扯下來。

一聲聲對不起伴隨著一次次的酷刑，我忘記我的尖叫聲是怎麼蓋過明君的慘叫，我只知道我歇斯底里的失控，我不要待在這個鬼地方！我不要——因為我們都會死的，郭文秀會一點一滴用更殘忍的方法殺死我們的！

要不是心蘭的身子突然一軟，我可能繼續無止境的哀嚎，但是她一倒在我身上，我立刻被拖著一起踉蹌，跌上後頭的樹叢裡。

淑婷在一旁嘔吐，她連胃都快吐出來了

前方的人潮突然散去，那些惡靈們一個個牽動著嘴角的微笑，阿杏走上前去，用力、拚命的踐踏明君的身體，甚至開始引吭高歌。

「這樣可以了吧，明君，妳滿意這種道歉吧？」

「嘻嘻嘻嘻……妳不是最喜歡卑微的道歉嗎？我們可是用生命來道歉喔！」

「哈哈哈哈……對不起！對不起對不起對不起對不起對不起……」

一票亡靈轉身離開，他們站在我們面前，那是一張張熟悉的同學臉孔，卻有著一張張駭人的陰鷙；最令人毛骨悚然的是，他們都朝著我們微笑，笑得令人膽寒！

好像在說：下一個就輪到妳了。

風掠了過，惡靈們在空氣中身影漸淡，轉趨消失，禮堂前最後只剩下僵硬的淑婷、歇斯底里的我，還有昏迷不醒的心蘭。

當然還有應該在一旁的明君。

那個被怨與恨，緩緩腐蝕殆盡的陳明君。

我們沒有得到她的遺體，明君唯一留下的只有一大片的血海，從門口一路漫延到石階梯下，一層層的宛若小瀑布般，啪噠啪噠的流著。

「嗚……嗚嗚……」我無法克制的哭了起來，我們親眼看著明君死亡，看著她受盡苦刑，想著是輪到自己時，究竟會怎麼樣？

我不要啊……我不要待在這裡！為什麼我要遭遇到這種事，為什麼！

誰來救救我？誰來救救我——

「林珮雯？」

熟悉的男生聲音突然在我面前響起。

我哭腫的雙眼差點看不清眼前的人，但是一旁的淑婷卻準確的叫出來人的名字。

「賀、賀正宇？」

「果然是妳們！」他明亮有神的眼透著擔憂，「妳們為什麼跑到這裡來？」

「我……我們沒對你怎樣過，走開！走開啊！」我緊抱著心蘭，拚命往後拖。

「小珮！妳在幹什麼！」他一把抓住了我揮舞的手腕，「心蘭怎麼了？」

在他抓住我的那一瞬間，沒有我預備好的冰冷，而是一股若有似無的熱度，傳進我原本溫熱的血液裡。

比我或心蘭冷了點，但是那是活人的溫度！

「賀正宇！你、你不是鬼？」我激動的抓住他的衣襟，「你是活人嗎？你是……嗚哇……」

泣不成聲，我揪著他的衣領，接續著未竟的嚎啕大哭。

「沒事了……沒事了！」賀正宇緊緊擁著我，大手在我後腦勺上輕拍，「我們先離開這裡好嗎？」

「什麼沒事？明君死了！她死了！」淑婷說話的聲音拉高了八度，「她死得多悽慘你知道嗎？下一個是誰！下一個是誰！」

「她是解脫了。」賀正宇竟然下了這樣的斷論。「我們先離開這裡再說，我來抱心蘭。」

賀正宇拍了拍我的頭，探身去把心蘭抱起，然後帶著我們先離開樹叢那兒。

結果我還是被看來失控的淑婷連拉帶扯，才拖離那個地方，我真的覺得自己好沒用，沒用到巴不得乾脆先死了算了！

「這裡是哪裡……我們要怎麼出去？」淑婷哽咽的問著。

「這裡是酆都，俗稱的鬼城，而這裡是某個力量強大的惡靈所搭設的學校……害我以為我回到學校了。」賀正宇抱著心蘭，竟筆直走向我們的教室。

「你要去哪裡？」我拉住了他，「那是教室的方向！」

賀正宇沉吟了一會兒，低頭看著心蘭，再凝重的看著我。

「從哪裡開始，就得從哪裡結束。」

第五章・同學們

從哪裡開始，就得從哪裡結束。

我不想去理解賀正宇話裡的意思，因為我一點都不想待在這個地方一分一秒。

賀正宇抱著昏迷的心蘭回到教室，裡頭空無一人，桌椅排放得正常整齊，就像平常朝會時間一樣，所有的教室裡都不會有人。

淑婷把幾張桌子併在一起，好讓心蘭能夠躺著。

明君死亡的事情才發生幾分鐘而已，我們都無法抑制顫抖的身軀，而且那景象根本是歷歷在目。

我坐在心蘭身邊，看著沉睡中的她，真是宛若天使般美麗，但是我內心裡的恐懼越來越大，大到可能就快吞噬我了。

淑婷兩眼無神的坐在我身邊，淚水一直滑落。

「賀正宇，你為什麼會在這裡？」我看向拉張椅子坐下的他，「你對郭文秀做了什麼？」

「我？我不清楚。」賀正宇的側臉俊逸，我能理解為什麼心蘭那麼喜歡他，「不過我跟郭文秀的事沒關係，我糊裡糊塗就在這個世界了。」

糊裡糊塗？剛剛我們在路上時，他突然搭上我的肩，呼喚我的名字時，就是一個徵兆了！因為我沒聽見他奔跑的聲音，但是他卻突然出現，氣喘吁吁。

「你出事了嗎？」這是我想到的唯一解答。

「可能……但是我記得不大清楚。」賀正宇勉強的笑了一下，「我看妳還是先處理妳們的問題比較好。」

「我們的……」話至此，我卻被強烈的絕望給打擊了。

我們的問題要怎麼解決？這是當初種的因，現在得的果，怨不得天、怪不得人，我們欺負郭文秀的事情永遠抹滅不去，她也著實因為我們而死，這是已發生過的歷史，既然不會消失，我們就得承受一切。

或許多年之後，回想起青少年時代所做的一切，會覺得荒唐可笑，但是正值在該世代的我們，卻一點都不會覺得自己做的事有錯。

一如欺負，是每一所學校、每一間教室都會發生的事情，總是有人會被老師捧在手掌心裡，也一定會有人遭到全班排擠；排擠的理由都非常可笑與無理，通常都是胖的、醜的、怯懦的。

這些人從未招惹人，卻總是有人不停的招惹他們、欺負他們、羞辱他們，即使有群人對這樣的行為感到不齒，但是他們也不會去阻止——畢竟多一事不如少一事，這年頭誰管他人瓦上霜？

也有像我這種，不願意自己變成被攻擊對象的自私鬼。

郭文秀長得不醜也不胖，她只是比較靜、比較內向，她會變成被排擠的對象原因很簡單，就是因為她有個問題家庭；一如心蘭成天掛在嘴上的羞辱字眼，郭文秀的父親吸毒又販毒，目前還在服刑，她的母親在她很小時就去世了，死於愛滋。

而她的吸毒父親不確定是不是生父，因為她的生母是酒家女，嚴格說起來她是個父不詳的女孩。但是她的外婆非常的疼愛她，靠著打零工與撿破爛，倒也養大了郭文秀。

所以郭文秀很用功，她發誓要成為一個有用的人，賺很多錢讓外婆安養天年。

家世有問題不是她的錯，但是名列前茅似乎就變成她的罪，總而言之，心蘭就是嫌她髒、看她不順眼，展開了一連串的「遊戲」。

除了動輒拿她的父母親開玩笑外，剩下的就是具體的行動。

我每次都是把風的人，因為我很沒用，不敢去打郭文秀、也不敢跟著欺負她，所以我只能站在廁所門口，幫心蘭她們把風，看老師或同學有沒有經過或注意到這裡的異況；其實心蘭是多慮了，老師們不說，但只要看見我站在廁所門口，女同學們都會明白裡面正在幹什麼。

明君跟淑婷負責架住郭文秀，往蹲式廁所裡面拖，總是明君的力量比較大，她會把郭文秀的頭往蹲式馬桶裡壓，然後淑婷負責採下沖水閥，讓郭文秀被沖出來的水沖得滿臉都是。

心蘭稱之為「洗臉」，因為郭文秀是雞的女兒，天生髒賤，只配用廁所的水來洗臉。

或是用清掃廁所的拖把往郭文秀身上抹、戳、打，就是非把她身上弄得既髒又臭，讓她不敢回教室，心蘭才會舒坦。

只是她從不動手，她都是輕靠在洗手台邊緣，像欣賞歌劇一般，優雅美麗的看著這一切的進行與發生；而我則是瑟縮著雙肩，頭微低，不忍看那些殘酷的畫面。

許多人都知道心蘭的行徑，但是她的出色可以掩蓋過這些過失，老師們也不會過分干預，他們只希望心蘭可以為學校再多獲得一些獎項，期待她指考時能考上台大，為校爭光。

其他的，誰管呢？誰會去責備一個各方面都優秀的美麗女孩？而去袒護一個連老師們看到她的家庭背景都會隱約皺眉的學生？

什麼人是生而平等的？這種鬼話根本不存在，從小到大，媽媽也只鼓勵我跟功課好的同學來往；上了國中，比較好玩或染髮的好朋友就被迫斷交，從我們睜眼開始，大人們做的事就沒有什麼「平等」可言。

所以，我不要承受這種不平等的待遇，我寧願平靜過生活，也不要受到郭文秀那種折磨！

更何況，上蒼對我已經夠不公平了，因為他們給了我一雙該死的眼睛！一雙看得見鬼的眼睛！

「嗯……」躺在桌子上的心蘭幽幽轉醒，她顯得有些迷濛，我趕緊扶她起來。「這裡是……」

「我們班教室。」我回答著，瞧著她困惑的環顧四周。

沒有幾秒鐘，她的神態漸而清醒，而且眉頭擰了起來。我知道她想起發生過的一切，郭文秀的死亡、身在酆都的我們，還有明君的慘死。

轉頭見到賀正宇，她嫣然一笑。

「你在這裡？」

「嗯，比妳們早。」

「小珮，他也是鬼嗎？」心蘭轉向我。

我搖了搖頭，從體溫上來說，賀正宇還不算是個鬼，但是感覺不大樂觀，因為他體溫比我們低多了。

「為什麼回到教室裡？明君她……」心蘭頓了一下，「死了嗎？」

淑婷迸出的哭泣聲告訴心蘭明確的答案。

她沉重的閉上雙眼，長長的睫毛裡帶著幾滴晶瑩，彷彿在為明君悼念一般；我內心在期待，期待著心蘭能有更失控的場面出現，我期待她會用如何的態度面對郭文秀以及這荒腔走板的一切。

結果她一直很冷靜，而且不僅在陽界做女王，到了鬼都，她還是一馬當先帶領我們往前走，即使畏懼也不會把我們推在前面，她享有光環卻還是會盡她的責任……這讓我不知道該恨她還是欣賞她了。

但是，無可否認的，沈心蘭就是個如此吸引人的女孩。

「賀正宇，你出什麼事了？為什麼會在這裡？」心蘭的默哀連一分鐘都不到，「既然比我們早到，應該比我們瞭解這裡吧？」

她腦子果然好，把希望寄託在賀正宇身上。

「我沒早妳們多久，我只知道這裡是酆都，鬼的世界……而我應該是瀕臨死亡邊緣。」他嘆口氣，「我印象只到我騎腳踏車上學，其他的我就不清楚了。」

「出車禍嗎？」心蘭跟我猜的是一樣的答案，「那你有見過郭文秀或其他同學嗎？」

賀正宇看著心蘭，那眼神非常怪異，幾度欲言又止的模樣，話全藏在那雙深黑色的眸子裡。

「那些同學都不是真的同學，都是鬼幻化的。」我補充說明，免得賀正宇以為學校發生了什麼事，導致全校學生死亡。

賀正宇神情覆上凝重，他沉吟著，然後才抬起頭看向心蘭。

「我沒看過我們學校任何一個同學，我看到的都是鬼，帶有冤或怨的鬼魂。」賀正宇站了起來，「幾乎都是學生，但沒有一個是我所認識的。」

「可是我們剛剛看到的都是啊……」還沒哭完的淑婷回了聲，「小琪、青蛙、敏兒、小花……」

她把被明君欺負過的人如數家珍的唸出來，要不是心蘭伸出右手示意她閉嘴，恐怕這串名單唸到明年都唸不完！心蘭只針對她不順眼的人，但是明君的狗仗人勢……受害的人可多了。

也因此，她得到了報應，她被大家的怨給腐蝕殆盡了。

賀正宇搖了搖頭，他的表情明顯的露出一種輕視與無奈，而且極度質疑般的看著我們。

「妳們還不懂嗎？那些鬼都是被欺負而死的人！」他扯扯嘴角，「每一個都是在學校因為被欺負而輕生或是意外死亡的人，這是個集合受辱學生亡靈的學校。」

他食指直指向心蘭，帶著滿臉不屑。

「妳還搞不清楚嗎，沈心蘭？這是為妳們量身打造的報復學校！」他甩下手，往教室外走去，「這也就是我不可能會喜歡妳的原因。」

所有的鬼……都是挾怨的？那這裡的鬼並不能單純說他們是亡靈，他們全部都有可能是惡靈啊！

郭文秀用她強烈的恨召集所有因此而死的學生嗎？我知道當一個惡靈強大時，他就具有召喚與聚集鬼魂的力量，尤有甚者，還能吞噬其他亡靈，吸收成自己的力量……

這是郭文秀專門為我們量身打造的學校，如同阿杏一樣，她恨明君……所以她也在這裡。

可是我從以前到現在，我都感受不到郭文秀有這麼大的恨意啊！她再怎麼被欺負與羞辱，也都只是默不作聲，從來沒有因為強大的負面情緒，引來周遭的低級靈！

她的四周，一向都是乾乾淨淨，還有股淡黃色的光圍繞著啊！

心蘭僵著臉，粉拳緊握，我感覺不到她的恐懼，卻感到她的怒氣正在升溫；顧不得教室裡的情況，我緊張的追著賀正宇出去。

因為我還想到一件事。

「賀正宇！」我轉出門口，他離我六公尺左右，停下了腳步，「你……你說你出了事，很可能是車禍對不對？」

「或許吧……這個可能性最高。」他衝著我笑，非常溫柔。

「那……」我緊張到握緊了拳頭，「你為什麼會在酆都？這是個只有亡靈才會到達的地方！」

如果只是瀕死，有的靈魂因為痛苦或是衝擊離開身體，但也只是在人與鬼界中飄蕩，這樣才能隨時隨地的回到軀體身上，不可能來到這個鬼都！

「而且……如果這是郭文秀所聚集的學校，那你更不可能會出現在這裡啊！」

因為賀正宇沒有被欺負，他沒有怨氣，也跟心蘭或文秀一點關係都沒有。

「真不愧是陰陽眼。」賀正宇彷彿讚許般的笑了笑，「妳還認為自己膽小嗎？這種情況下，邏輯跟思維還是很清楚嘛！」

「因為、因為我爸有一次車禍重傷時，我親眼瞧見他的靈魂就站在床邊……」我緊張的不停抿唇，「所以我知道，人的生死之間還是有條界線存在，你如果沒有死，酆都的門根本不會打開！」

「沒錯。」他的身影突然漸漸與空氣融為一體，「我是被召喚來的。」

「召喚？誰召喚你來的？」我追上前，「是郭文秀嗎？問題是你不該認識她啊……賀正宇！」

在我追上前時，他徹底的消失在我面前，我伸手一抓，抓到的是一把空氣。

召喚……有人召喚了未死的靈魂來到鬼都做什麼？賀正宇跟我們不同班，不可能會認識文秀啊！是誰召喚他來的？而且如果是有意圖的召喚，為什麼到目前為止，賀正宇好像試圖幫助我們？

「小珮！怎麼了！」心蘭走了出來，「賀正宇有問題嗎？」

「我不知道……我有好多好多的問題。」我沮喪的垂下雙肩，「我想趕快解決謎團，快點離開這個地方！」

「問題是我們沒人知道怎麼離開啊……」心蘭走到我身邊，拉過了我，「堅強點，小珮！我們會戰勝郭文秀的！」

嗯？我微微一怔，看向了心蘭。她剛毅的神情讓我吃了一驚，在淑婷的崩潰與我的恐懼之中，她卻越來越強韌，而且好像誰都打不贏她似的。

「心蘭！不要這樣！到了這種地步，妳還要繼續跟郭文秀鬥下去嗎？」我意外地瞭解她的個性，她的好強戰勝了恐懼，甚至轉向偏激，「不如我們好好跟她談談，或許道個歉，或許……」

「道歉？我為什麼要跟那種人道歉！」心蘭拔尖了聲音，「我死都不可能跟郭文秀低頭！」

「心蘭！」為什麼到了這個節骨眼，還如此執著呢？

大家都是同學，哪裡來這麼大的仇恨！

突然間，有股危險的感覺直襲而來，我打了個寒顫，背脊不得不挺起來！心蘭見到我的異狀，立刻警戒的看著四周，她或許沒有我敏銳，但至少她是信任我的。

「有什麼在逼近……」我壓低了聲音，緊握著心蘭的手發抖。

餘音未落，走廊上一瞬間出現一堆黑壓壓的人頭，在數秒內出現了完整的人形。

「方淑婷！」心蘭一聲尖叫，呼喚教室裡的淑婷。

淑婷衝了出來，一看見走廊前後聚集的人也失聲尖叫，他們一個個並排前進，緩慢的朝我們聚集而來。

這一次，我清楚的看見，這些同學不是我認識的人，而是一張張陌生的臉孔。

「跑！」心蘭拉著我，喝令淑婷從前方不遠的樓梯衝下去。

我們拔腿就跑，跑過了一間教室，左轉進入樓梯，結果才跑不到幾階，心蘭就煞住了步伐。

因為樓下也有著重重人影，正一步步往上走來。

他們的眼神呆滯，直視著前方，像沒有感覺的殭屍一般，走動著、踏步著，卻似乎沒有任何思想與意志。

「為什麼是我……」一個哭泣聲突然傳進我耳裡。「我又沒做錯什麼事！」

「長得醜又不是我的錯，我也希望變漂亮啊！」

「我天生就這麼胖，為什麼非得欺負胖子！」

「我不想去學校……好痛苦喔！明天去學校又要被欺負！」

「這種人生哪裡看得到希望……我恨！我恨這個世界！」

「死了好了……乾脆死了……就一了百了……」

一堆悲泣與哀鳴夾帶著恨意傳進我耳裡，在我腦子裡嗡嗡作響，那聲音大約有幾千幾百人，我一時根本承受不住！

那些是這些死靈臨死前的心聲啊——

「住——口——不要再說了！」我掩住雙耳，失控的跪了下來。

「小珮！妳在幹嘛！」心蘭使勁拖著我往樓梯上走，「站起來啊！」

「死了好了……死了就解脫了……」

「住——口——死了才不會解脫！」我尖叫著回應，「自殺是最白痴的事！」

在我們被包圍在平台上最後一角的剎那，惡靈們的行動在我的尖叫聲中停了。

我腦海裡的聲音漸而消失，還我一個徹底寧靜，我吃力的睜開雙眼，坐在地上，心蘭正緊抱著我，而淑婷慌亂的貼在牆壁邊，惶恐的看著四周的怨靈們。

走廊上已塞滿怨靈，樓梯也站滿了他們，我們只剩下一小方空間，縮在這危險地帶。

「是啊，以為死了就解脫了，結果死之後才發現這是多麼愚蠢的行為。」我面前的女孩子開口了，「不過是一點小挫折，沒有反抗的勇氣，卻有自殺的勇氣。」

「只要心境改變，捱過一年，回頭看就會發現自己痛苦的事情有夠微不足道！」另一個男孩笑了起來，「結果捱不過，就結束了應該還有可為的人生。」

「結果每天在地獄裡受苦刑，那種靈魂永無止境的折磨，比在學校被欺負痛苦上千百萬倍。」

「呵呵……可是再怎麼樣，我們在那個時候還是痛苦到想死啊！每一個人在那個階段都會有一樣的感受、一樣過不去的難關……」身後有個瘦小的男孩子用冰冷的眼神看著我們，「因為還是孩子，所以能承受的壓力很小，但也因為是孩子，才不懂得被欺負的人會有多痛苦！」

我的心跳越來越快，我們彷彿站在法庭上，接受控方的指控，他們你一言我一語，卻非常有秩序的指出自己的心聲與我們的錯。

「把別人的痛苦建築在好玩上面，你們這種人最該死。」不知道是誰，在人群中喊出了聲音，「就是因為你們逼得我們自殺、害我們不能完成人生、還永世不得超生、受盡亙古的苦刑！」

「結果竟然只是看不順眼？好玩？年少輕狂？」聲音越來越激烈，而空氣中滲入了紅色的氣絲。

紅色……那是危險與血腥的顏色！

「你們這種人都該死！毀了我們的人生和下半輩子，還一點悔意都沒有！」一群人開始鼓譟，「為了你們這種人而死，太不值了！太不值得了！」

整個空間幾乎轉為令我窒息的紅色，我的淚不自禁的滑了下來！

那是恨、怨與不甘啊……自殺而死是非常嚴重的過錯，不但讓父母心傷，也葬送了大好前程，尤其他們在死亡之後的頓悟，更覺得一切是如此的不值得……但卻來不及了。

因為被欺負而死亡已經夠怨恨了，死亡之後的後悔更加深了這股不甘願。

「哇呀——」在我們失神之際，淑婷突然被拖了走！

樓梯間的怨靈先動手的，他們冷不防的抓住淑婷，三兩下就把她架上手心，如同在PUB裡般，一個個怨靈伸直了手臂，把淑婷傳送下樓！

「住手！住手！」心蘭站了起身，「全部給我住手！」

「嘻嘻……嘻嘻……」怨靈們笑了起來，「妳以為妳在這裡還有主控權嗎？」

心蘭蒼白了臉色，緊繃著神經看向那些怨靈。

「真是不見棺材不掉淚……」怨靈們幾乎是同時穿過地板，咻的消失了！

「心蘭——小珮——」樓下傳來的尖叫聲，驚醒了我們兩個。

心蘭拉起我就往樓下走，淑婷的聲音蜿蜒蜒，來自另一端的保健室！我們衝向保健室時，外頭圍了一大群怨靈，大家雙眼熠熠有光，充滿著期待，每個人都咧嘴而笑。

「救命啊——你們想要幹嘛！」淑婷繼續掙扎喊叫，聲音從保健室裡傳了出來。

保健室外剛好有花圃，心蘭站上大樹的石圍，足足讓我們倆墊高了三十公分有餘，可以看見床上的狀況，還有被綁住的淑婷。

「妳想變成沈心蘭對不對！我們來幫妳啊！」床邊圍著穿著制服的學生們，手上拿著各式各樣的工具。

我一看差點沒暈倒，那是美工刀、螺絲起子、原子筆、水果刀、刨刀、釘子，能想像的東西都有，而且幾乎全都是學校裡隨手可得的東西。

「妳要變成沈心蘭，可要花很大的功夫喔！」裡面的笑聲不斷，那笑聲鑽入我的皮膚裡，發麻不已！

「不——不要——」伴隨著尖叫，我看見數十種工具高高舉起，同時落下！

嘩啦一片血紅，噴灑在整間保健室裡，空氣中盈滿了紅色的水分子，就像我剛剛看到的一般寫實。

有人用美工刀一點一點的鋸著淑婷的腳，因為她比心蘭高，有人拿鐵鎚敲她的臉，因為她的臉比心蘭大；有人用刨刀削她的臉皮，因為她的肉太多了……

我吐了出來，跪在大樹邊。

「長那麼醜，活該！把她變美吧！」

「這麼多肉，妳吃什麼長大的，看了就噁心！」

「那什麼眼神？對我有意見嗎？挖出來！」

亡靈們個個氣憤的開口，說出來的話全部是如此熟悉，那些就是我們平常在說的話，每當心蘭她們欺負人時，說的不外乎就是這些傷人的話語……也或許，怨靈們口中喊的是，他們生前每天被羞辱的話吧！

淑婷的尖叫聲沒有停過，我想她跟明君一樣，到死前都持續有知覺，這些怨靈們不會如此輕易讓她死，即使死，也要折磨她的靈魂。

心蘭沉靜的看著這一切，她的腳在顫抖，但她卻直直站立著，目睹淑婷被施虐的一切經過；我跪在旁邊，吐到胃都空了，眼淚鼻涕夾雜在一起，無法克制的痛哭失聲。

我們會一個比一個死得悽慘，我不敢相信始作俑者的心蘭、或是冷眼旁觀的我會有什麼樣的下場！

我……我想回家！我想見媽媽，我想要偎在媽媽懷裡，讓媽媽保護我抵擋一切！

「走吧！」心蘭的腳突然踢了踢我，「趁他們還在對付淑婷，我們離開學校吧！」

我滿臉淚痕的看向心蘭，她要甩下淑婷？

「我們誰也救不了，還不如自保。」心蘭再踹了我一腳，「林珮雯！妳不要再哭了！我看見妳哭就心浮氣躁！」

二話不說，心蘭竟扔下我，跳下石圍，逕自往前走去！我嚇得趕緊用手抹去一臉的鼻涕眼淚，急急忙忙追了上前。

心蘭疾走著、我在後頭奔跑著，襯著這場景的背景音樂，是一群歡呼的叫囂聲與淒厲無比的慘叫哀嚎。

心蘭說對了一件事，我們誰也救不了——包括我們自己。

第六章·返家

我們離開了學校，外頭的陳設一如平常生活的世界，車水馬龍，而且連我們平常坐的公車都有，但是我的眼裡沒有其他的鬼物，我已經無法確定，現在在我眼前的路人與車子是真實的人類，還是鬼物？

我跟心蘭當然不敢坐公車，我跟她說我想回家，而且我家離學校只有五站距離，所以心蘭就陪著我回家。

只剩下我們兩個了！我們肩並著肩走在一起，恐懼與沉悶籠罩著我們，我們戰戰兢兢的留意著路上每個路過的行人與車輛，深怕他們突然圍上來，將我們拖走。

我不知道為什麼想回家，我也不認為只有學校是酆都的一部分，可是我今天早上就是從家裡出發的吧？媽媽在門口送我出門，還交代我跟明君她們要小心一點，藥要記得按時吃……

所以在我離開家門前，我並不是處於酆都的世界！

我必須回家一趟，如果郭文秀要阻止，我一定會因為鬼打牆而走不到家，甚至繞回學校！但是如果我走得到，那我就要回家！我要看看在這個郭文秀製造出的城市裡、我的家裡住著誰！

「回家有用嗎？」心蘭提出了疑問。

「總是得試試。」我們手牽在一起，緊緊交握，「賀正宇是生靈，他要進入酆都還必須有人召喚，但我們是沒有出事的活人，怎麼會到這裡來？」

「但是我們就是進來了啊！我們四個活人，就這樣身在鬼世界了！」

「所以呢？是有人召喚我們嗎？無論如何，城門一定有開，我們才能進來！」我試著跟心蘭解釋。

「我們今天踏進校門時一切就不一樣了。」心蘭想到的是學校。

「可是我今天從出門開始，就沒看過異象……」我咬了唇，做了個大膽的假設，「我擔心門是設在我家門口。」

「不可能。因為我或明君她們，不是從妳家出來的。」心蘭斬釘截鐵的推翻我的臆測。

是啊，不能老用我的陰陽眼來做判斷，畢竟身陷酆都的不只我一個人，我們四個人都一樣；如果非過城門不可，那麼一定有個地方、或某種情況是我們四個人都會經過的！

「妳家到了！」心蘭突然喚了喚我，「沒有鬼打牆。」

我停下腳步，趕緊抬首，我家這棟小公寓果然佇立在那兒，街道一如往常，一絲異樣都沒有；當然也因為沒有異樣，讓我神經特別緊繃。

我不敢用鑰匙開門，卻大膽的按下我家電鈴。

「如果有人應聲，妳怎麼辦？」心蘭凝重的問我。

「就、就上去……」我結巴的應著。

「喂？」對講機突然出現回應，而且是媽媽的聲音！

「媽！」這一喊，我哭了出來。

「小珮？妳怎麼回家了？現在才幾點……」媽媽狐疑又慌亂的說著，把門給按開，「又燒了嗎？快上來！」

聽見媽媽熟悉親切的聲音，我拉著心蘭三步併作兩步的衝上五樓，媽媽憂心忡忡的站在門口看著我，我一上樓她就趕緊摟過我，把手擱在我額上！

溫暖的！那是一雙有熱度的手！

「心蘭！」我興奮的把心蘭的手拉過去，「我媽是活人！我們離開酆都了！」

心蘭握住了媽的手，也喜出望外的笑了起來。

「妳們在說什麼？心蘭，真不好意思，還麻煩妳送小珮回家！」媽媽忙跟心蘭打招呼，一邊拉走我，「早就叫妳休息妳不聽，還硬撐著去上學！」

我被安置在餐桌邊，媽媽進去廚房忙東忙西，先是倒了杯麥茶給心蘭，再倒杯溫開水給

我。

「咦？啊妳書包呢？」媽媽狐疑的打量我們，「為什麼沒帶書包回來！」

「呃……」我結巴起來，不知道該怎麼回答媽媽。

「因為我們出公差到一半時，小珮很不舒服，所以我直接送她回家。」心蘭接口接得順暢，「晚一點我回學校後，再把她的書包送回來。」

「哦……真是不好意思！又得麻煩妳了！」媽媽陪著笑臉，幫我把感冒藥拿出來，「我就叫小珮多休息兩天，她就堅持不肯，結果又發燒了！」

心蘭笑得淺淺的，有點虛假，像是有心事盤繞一般。

我想她跟我在思考的一樣，那就是酆都的門究竟設在哪裡？我們剛剛是怎麼穿過大門回到陽世？而郭文秀為什麼會輕易的放我們離開？

媽媽把藥擱在桌上，要我吃完水果就得服藥，然後就進廚房忙，削盤水果給我們吃。

「哪條路是我們四個都會經過的？」媽一進廚房，心蘭就問了，「避開門回到學校，我就會回到正常的校園嗎？」

「我不知道，要不要畫地圖出來？」我提議著，這是最萬無一失的做法！

我趕忙去拿紙筆出來，由細膩的心蘭開始描繪我們剛剛走的路，及大家來到學校的路線；只是她越畫，我越覺得奇怪，因為明君跟淑婷是南下的路，我跟心蘭是北上，這中間根本沒有交集的地點……

「來來來！吃水果！」媽媽削好一盤芭樂，熱情的送上餐桌，「小珮吃完趕快吃藥，心蘭也別客氣，這我今天早上買的，很新鮮！」

「謝謝林媽媽！」心蘭客氣的說著，但是她還專心的在畫地圖。

「妳這樣一生病，我都心疼起來，最近睡也睡不好。」媽坐了下來，扭了扭頸子，「腰痠背痛好幾天了！」

「對不起喔！」我歉疚的說著，「讓您擔心了！」

「噯喲，做媽的哪有不擔心孩子的啦！就算整夜不睡顧著都心甘情願！」媽媽和藹的笑了起來，「為了孩子，做媽的什麼都願意！」

我感動的握住媽媽的手，媽媽很少說出這樣的心聲，但是我聽來卻感動非常，淚水沒用的滑落。

「心蘭啊，小珮在學校還好吧？有沒有被欺負？」媽媽突然問起心蘭，我覺得有點諷刺，因為媽正在問學校最會欺負人的女王。

「沒有。」心蘭搖了搖頭，回以微笑，她說的是實話，因為我是她的隨從之一，不算被欺負。

「那就好……這孩子一直有點內向，我就擔心會被欺負！」媽媽嘆了一口氣，「要是誰敢欺負妳，我一定找她理論！」

「不會啦！別想太多！」我尷尬的笑笑，拿起一片芭樂塞進口中。

「什麼想太多！妳不知道喔，要是自己的孩子被人欺負，做媽的心裡會有多痛！而且還會想到，萬一孩子因為這樣自殺了怎麼辦！」媽媽的目光灼熱的停在心蘭身上，「要是孩子因為被欺負而輕生，每一個做媽的都寧願化作厲鬼，也要保護孩子。」

「咳！咳！」我還沒聽完，一口把芭樂吐了出來，「媽！妳這去哪裡買的啊！好難吃！」

我把芭樂渣吐在手心內，卻驚見一片血紅！

並不是我吐血了，我看著手裡咬了一口的芭樂，這哪是芭樂啊，根本是不知道什麼噁心的肉塊跟器官！

「啊——」我嚇得扔開了肉塊，整個人從椅子上跌了下去！

「妳是誰……」心蘭也站了起來，「我就覺得奇怪，我們根本沒離開過酆都！」

「媽……媽？」我跌坐在地上，往後退著，「妳不要變成我媽！好噁心！」

媽媽……不，惡靈母親斂起了笑容，但卻悠哉的坐在餐桌邊，冷冷的看著我們。

「妳們以為妳們能逃到哪裡去？」她看向心蘭，「我怎麼可能輕易讓妳們離開？」

「郭文秀？」心蘭擱在餐桌下的手緊緊握著，像是準備迎戰郭文秀似的！我不懂，我覺得心蘭對文秀的恨意大到我無法理解。

惡靈母親搖了搖頭，眼神瞥向了我，「小珮，妳先起來吧，我不會在這棟屋子裡傷害人。」

心蘭回身扶了我，我哪敢坐下來，我只能緊抓著椅背，站在那裡看著這個幻化成我媽媽的惡靈。

「我只是想表達一個做母親的心聲。」她緩緩的開了口，「我寶貝的孩子，每天到學校任妳們羞辱欺侮，妳們能夠瞭解那種痛苦嗎？」

「妳……到底是誰的媽媽？」我嚥了口口水，才能把話說完整。

「如果我能，我會把她捧在手掌心裡呵護！可以的話，我不會讓她受到一絲一毫的風吹雨打！孩子都是父母的寶，更是我懷胎十月，抱著美好未來的想像，到鬼門關走一遭才生下來的寶！孩子是母親的未來啊！結果她只是去受教育，卻被同學因為看不順眼、因為好玩所以欺負，讓她每天過得痛不欲生，妳們這些人在摧殘我的心頭肉！」

惡靈母親倏地站了起身，雙眼迸射出寒冽的恨意，直直掃向心蘭。

「或是說，妳們只是因為她的家庭不好，就每天精神折磨我的寶貝？」惡靈說到後頭，聲音越變越尖，「我已經因為無法疼愛她而鎮日後悔，妳們竟然還傷害她，還把她關在儲物間裡！」

喝！我身子一顫，驚駭非常的看著眼前的媽媽。

她不是誰的母親，她就是郭文秀自幼就去世的母親！

「妳是……文秀的媽媽！」我掩住嘴巴，「天哪……怎麼可能，妳怎麼會在這裡！」

「為什麼不會！我每天看著妳們污辱我的文秀，妳們知道我多想撕裂妳們！尤其是妳這個有著天使臉孔的惡魔——」咻的一下，郭文秀的母親移形換影，一下來到心蘭的面前，「妳竟然把她壓進馬桶裡沖臉、還用沾滿屎尿的拖把戳她，甚至把她的書包扔進垃圾車——妳怎麼做得出來！」

心蘭！我緊張的想要設法拉走心蘭，惡靈就這麼站在她面前，隨便一出手，她隨時都會粉碎的。

更何況，這是一位盛怒的母親啊！

啪的一聲，在我來不及反應之時，心蘭竟一巴掌甩上郭文秀的母親！

……天哪！我簡直是瞠目結舌，心蘭是瘋了嗎？她竟然打了惡靈！

「妳放開我！妳這個賤女人！」心蘭盛氣凌人的推開郭文秀的母親，「就是有妳這種女人，當然會有郭文秀那種下賤的女兒！」

心蘭！妳不能少說兩句嗎？我嚇得腿都軟了，妳不但無視於母親的怒火，還一再挑釁，難道妳不想活了？

「不要用我的出身來刁難文秀！我就算做酒家女又怎麼樣！我就是這樣活下來的！而且

我做什麼也跟文秀沒有關係！」郭文秀的母親尖聲嘶吼著，「都是姊妹，哪裡來這麼大的仇恨！」

——咦？

我一時以為我聽錯了，剛剛郭文秀的母親說什麼？姊……妹？心蘭跟文秀是姊妹？

「啊啊啊——啊啊啊——」心蘭突然掩住雙耳，歇斯底里的尖叫起來，「我沒有那種妹妹！我才沒有——」

「心……心蘭？」我不明所以的看向媽媽，「郭媽媽，這是……怎麼……」

「文秀才不是父不詳的女孩，她的爸爸就是心蘭的爸爸！當年心蘭的父親因為生意往來，常到酒家去，而且每次都點我的檯，日子久了，我就喜歡上他了。」郭文秀的母親淡淡的敘述著過往的一切，「後來懷了孕，我也沒要求什麼，我是因為愛他才想把孩子生下來，結果他父親想要讓文秀名正言順，決定認養她。」

「休想！誰要那種賤貨進我們家！要不是因為妳、因為郭文秀，我媽也不會發瘋！」心蘭盈滿恨意的指向郭文秀的母親，「都是你們，才讓我們家不像家，媽媽瘋了，爸爸醉心於公事，我就成了瑪利亞的小孩！」

瑪利亞的小孩，指的就是由菲傭帶大的孩子。

我們都知道心蘭她爸爸算是成功的生意人，但是她卻很少提到她母親，總是說她身體不好、爸爸事業忙碌，也可能是因為從小沒有父母陪伴，養成她使喚菲傭的習慣，才會讓她成為囂張霸道的人……

因為唯有如此，她才能抓住朋友。

原來，心蘭早就知道文秀的事，所以才會對她如此恨之入骨！我才覺得奇怪，平時無理的欺負也就算了，為什麼到了進入酆都這種可怕的地方、目睹過明君跟淑婷的慘死之後，她卻絲毫沒有懼色。

她的恨是植入心中，是來自上一代的恩怨。

「文秀根本不知道妳的事情，她不知道她是沈家人！」郭文秀的母親氣到全身都在發抖，「妳這樣對她公平嗎！公平嗎！」

「我才不管公不公平！我可以簡單告訴妳，如果郭文秀還活著，我還是會盡我所能的羞辱她！」心蘭竟也咆哮起來，「要我向她道歉、要我認錯、要我對欺負她的事情後悔，是絕對不可能的事情！」

氣氛終於冰凍而凝結，我站在一旁，看著兩個女人的對峙。

我不明白心蘭哪裡來的勇氣，她身在酆都啊，這個惡靈構成的鬼城裡，為什麼能夠不怕死的挑戰一位心疼女兒的母親呢？

我相信郭文秀的母親說的話，今天如果我被欺負，被媽媽知道了，她一定會既傷心又難過，還會對欺負我的人發怒……錯的明明是心蘭啊，不管什麼理由，欺負人就是不對，更別說還是自己同父異母的妹妹！

怎麼下得了手啊……

「所以文秀死在儲物間裡，妳也沒有一點罪惡感……」郭文秀的母親四周開始燃燒起火燄。

「不是我推她的。」心蘭維持原本的說法，「我只是關她進去，誰知道她怎麼死的？」

「她是嚇死的！她怕到歇斯底里，她敲門敲到手都流血了，然後引來了……」話說到這裡，文秀母親突然停了下來，「是妳們害死文秀的。」

引來了什麼？我沒有錯過剛剛那句話，而我對引來什麼東西保持了高度注意力！

「我說過了，我們只是把她關進去而已。」心蘭別過了頭。

「很好，妳們就是不認錯就是了……」母親突然笑了起來，笑聲淒涼高尖，扎得我每個毛細孔都張了大。

然後，她緩緩的看向我。

我拳頭擱在心口，渾身上下不住的顫抖，心蘭因為恨意凌駕一切，所以她可以無畏的迎戰，但是我不行……因為我看得出來，或許造成這一切的不是文秀，而是她的母親！

是她的母親讓我們進入酆都的，是她讓明君跟淑婷慘死的，是她召喚那些曾被欺負的

人……

啪的火燄一竄燒，郭文秀的母親頓時不見蹤影！

我依然待在我的家中，這個可能也是虛構的家裡，餐桌上的盤子裡盛著血肉模糊的肉塊，而媽媽剛剛倒的開水及麥茶，也全是濃稠的血。

我不敢想像那是誰的肉塊誰的血……或是我咬下的是誰的一部分！

我們非但沒有離開酆都，還跟始作俑者見了面，心蘭甚至激怒了她。

「心蘭，再怎麼說……文秀是妳妹妹啊！」我不能諒解心蘭這一點，「她什麼都不知道，妳怎麼可以這麼對她？」

上一代是上一代的事，為什麼要扯到不相關的人？

「妳懂什麼？妳懂什麼啊！」心蘭逼近我，眼淚爭先恐後的奪眶而出，「妳知道媽媽在懷我時就瘋了，全都是因為那妓女懷了郭文秀！」

「問題是郭文秀是無辜的！」我失聲喊了出來！

心蘭緊咬著唇，她的雙眼銳利兇狠，用力抹去了淚水。

「我敢欺負人，我就不會道歉。」她直截了當的說了，「適者生存、不適者淘汰，太弱的人就該自己變強，誰叫他們不反抗！」

所以說，郭文秀到底是活該？

「那妳……為什麼不欺負我？」我終於問出我三年來都想問的問題。「我比郭文秀陰沉、比她還自閉、我——」

「因為我需要被突顯。」心蘭截斷我的話語，給了我震驚的答案。「我要明君的精明、淑婷的崇拜，當然也得要有一個弱勢的代表，表示我不是只會欺負弱小！」

我的心冷了！

過去我對自己再如何的不確定，再沒自信，我也一直相信我有份優點能讓心蘭喜歡，所以她才會讓我跟在她們身邊！

結果？在她眼裡，我跟郭文秀並沒有什麼兩樣？

「不然我怎麼會喜歡妳這種愛哭、膽小、又沒用的人！」心蘭回身往門外走去，「妳跟郭文秀簡直是半斤八兩，不過妳聰明得多，因為雖然都很弱小，妳並不會出手幫她！」

我踉蹌向後，整個人蹲了下來，無法遏抑的失聲痛哭！

不——我並不是想助紂為虐的！我只是擔心、擔心自己變成下一個郭文秀、我擔心失去心蘭的友情，我不想孤伶伶的一個人，鎮日與鬼魂為伍……

我也是寂寞而已啊！大家都只是寂寞，為什麼非得用這種手段來傷人呢？心蘭為什麼要傷害同學、傷害姊妹、我為什麼要冷眼旁觀……

「所以說，妳要怎麼逃出自己的禁錮呢？」一雙溫暖的大掌罩住我的天靈蓋。

我抬起頭，看著蹲在我身邊的賀正宇，他的笑很和煦、很堅定，給我一種堅強的感覺。

「你怎麼知道文秀對我說的話？」我哽咽著。

「我現在是半個鬼，妳別忘記了。」他溫和的笑笑，「不一定能知來，但總能鑑往。」

「最大的惡靈是郭媽媽對不對？沒有人的怨氣會超過她，因為是自己心愛的女兒……」

看著賀正宇點了點頭，我緊扣住他的手，「我該怎麼辦？我該怎麼樣才能讓她知道，我後悔都不出手幫助文秀！我知道我那樣是錯的，可是我一直不敢說……我現在要怎麼讓文秀知道我根本不是故意要騙她出來的，我……」

「妳說呢？」賀正宇似乎永遠不給我答案，只是給予我笑容。

我啜泣著，藉由他的攙扶站了起來。心蘭已經走了出去，其實她好強的背後有著比我還多的淚水，可是她走不出自己架設的框架，連惡靈都不怕……

「從哪裡開始，就從哪裡結束。」我看向賀正宇，語不成串。

他微笑著點頭，「我陪妳回去。」

賀正宇帶著我離開了「家」，我知道這個家再也不能成為我的避風港，我的母親也存在於陽界裡，在這個酆都裡，我能依靠的只有自己。

我以前就想過，這麼自私的我，一定會有現世報。

現在現世報來了，而且有怨氣的還不是文秀本人，而是一個心疼女兒的母親，女人為了孩子會多拚命我非常能理解，所以我已經不敢奢望自己能脫身。

但是至少……我想把後悔沒做的事、來不及做的事給解決。

回學校吧！回到一切的起源。

第七章．死得其所

很快地，幾乎是剩我一個人了！

若不是我身邊有個男生，我真的死也不敢一個人回學校！

整件事情雖然變得明朗化，但是也趨於複雜，起因卻非常單純——源自於我們過分的行為。

以沈心蘭這個品學兼優的美麗女孩為首，專門對看不順眼的同學打壓欺負加羞辱，其實我們不僅欺負郭文秀一個人，只是對待她最為過分，過分到我從來沒去想過為什麼。

其實我想除了心蘭之外，沒有人想過吧！

淑婷崇拜心蘭的美、她的行事風格、她的光環；明君喜歡依賴著她，有份安全感，也更可以為所欲為；她們跟郭文秀有任何深仇大恨嗎？不，我想答案是否定的。

雖然一個人欺負另一個人是司空見慣的事，但欺負人的理由都是微不足道且荒唐可笑的！

因為這種可笑的理由，我們把郭文秀逼上了死路，然後把自己也逼進了殘酷的酆都。

「那妳的理由呢？」賀正宇聽我講完整件事情的始末後，開口問了我。

「我……我沒有理由。」我愧疚到根本不敢看他，「因為心蘭叫我做……因為我們是一起行動的，所以我就跟著做……」

「真妙！」從賀正宇的語氣裡我聽不出他是在諷刺還是真的覺得奇怪，「這就是盲目嗎？」

我看著自己的腳，一步步往前走，越回想過去越覺得自己誇張，當我看著郭文秀被欺負時，站在一旁的我，究竟是抱持著怎樣的心態？我絕非像心蘭那般的欣賞，但即使同情她，我還是徹底的袖手旁觀。

「我覺得妳是個很善良的人，所以在這裡見到妳我會很驚訝！再怎麼想，我都不會想到妳會去欺侮同學！」

「對不起，讓你失望了！」我用力的鞠躬。

「呵呵……什麼叫讓我失望了！這句話是對自己講才對吧？」賀正宇低沉的聲音在他胸腔前擴散開來，「妳對於人生的態度、對於同儕間的一切，都太裹足不前了！任何事都採取消極態度，徹底的禁錮了自己！」

我無言以對，因為我知道賀正宇說得一點都沒錯。

我對自己沒自信、我只希望一個人窩在角落走完一生，希望不要有陰陽眼，覺得自己是全世界最倒楣的人，不但看得見鬼，個性也陰沉！

所以我只要靜靜的，什麼都不要管、什麼都不要做就好了。

「你……你是被郭文秀的媽媽召喚來的嗎？」我看向他，「她會希望你幫我嗎？」

賀正宇輕笑起來，但卻只是笑而不答。

好吧，天機天機，我第一次覺得賀正宇這個人怎麼有好多秘密似的，一點都不像在人界時那樣開朗活潑！至少在這個地方，他展現的是平日在圖書館裡的沉穩與內斂。

「我……我沒有欺負你吧？」我還是不放心，再試探一次。

「哈哈哈哈！」這一次，他朗聲笑了起來。

好吧，當我沒問！心蘭這麼心儀於他，誰敢對他出手啊？更何況賀正宇有一百七十五公分以上，我連一百六十五都搆不到，誰欺負誰還不知道！

既然如此，那是誰召賀正宇來的？召喚他來究竟要做什麼？

「噯，我說真的！要是你的身體恢復了，你的靈魂不在會很麻煩喔！」我皺起眉頭，認真的對他說，「你沒事的話還是快點回去好了！」

「我嗎？呵呵……我不知道！」他突然伸出手，抱住了我，「妳覺得呢？」

咦？賀正宇的體溫透過我身上每一吋肌膚，我顧不得緊張或是羞怯，我只感受到一個讓我震驚的事實——他的體溫正迅速降低！

「你……你快點回去啊！」我高喊起來，「說不定因為你沒守著自己的身體，讓其他的孤魂野鬼佔了！」

一旦被別的魂體佔領成功，賀正宇就是個徹頭徹尾的死人了！

「事情還沒了，我走不成！」他扶著我的雙肩，「如果這是命，我也就認了。」

「賀正宇！」我緊張死了，看著近在咫尺的他，「別拿生命開玩笑，你才十七歲！」

「妳不也是？」他這時候還有心情開玩笑！

「我不一樣！我是咎由自取，我是來償罪的！可是你只是因為意外，不該因為我們而喪生！」不知不覺的，我哭了起來，「郭媽媽！快點放賀正宇走！」

我搞不清楚郭媽媽召喚賀正宇來這裡是什麼意思，他是個活靈，怎麼能把他召到酆都來了？如果是為了我們，那更沒有道理，怎麼能讓他因為不相關的事而犧牲！

「妳果然是個好女孩！至少有進步了，不敢從沈心蘭手裡拯救郭文秀，卻為了我敢跟惡靈談判？」賀正宇竟然持續著笑容，他怎麼一點都不緊張！他就快死了耶！

「我不想再做後悔的事！如果可以的話，我甚至希望那天晚上不要把郭文秀騙出來！」我自責死了！每一次看著郭文秀低頭啜泣我都會很自責，總是會想著她好可憐、想著下一次試著阻止心蘭……

結果到頭來，我只能做到偷偷放糖果進她的抽屜，留張筆跡歪歪斜斜的便條，偽裝成班上某位小天使。

「能這樣想的話，就很好了……」賀正宇帶著我繼續邁開步伐，「學校就在前面了。」

「心蘭呢？心蘭不知道有沒有回來！」

「她應該是在裡面了，在某種程度上來說，我還滿佩服她的。」

廢話，當面打惡靈又一個人回學校，心蘭的膽子真是大到驚人！像我就是俗仔，我一點都不敢！

賀正宇送我到校門口，表示他不便進去，我也擔心裡面那些含怨的學生會找他麻煩，舉雙手贊成。不過很奇怪，賀正宇在我身邊，比心蘭在我身邊更能給我穩定的感覺。

「那個……有件事想麻煩你。」我支支吾吾的，絞著衣角。「萬一我回不去，請你轉告我爸媽說，我很愛他們。」

「嗯。」賀正宇拍了拍我的肩頭，「萬一情況相反，換妳得幫我說。」

我抬起頭，噙著淚的雙眼載不住悲傷，淚水還是自眼尾滑落！我搖了搖頭，我自己很明白這樣的情況，我離開酆都的機會渺小，換作我是郭媽媽，我一個都不會放過。

「Bye！」我正式的跟他說再見，後退了一步。

「做該做的事，做想做的事，做後悔沒做的事。」這是賀正宇給我的最後一段話，「走出自己設的藩籬，妳就能得到自由。」

然後他漸漸消失了，我祈禱他能平安的回到自己的身軀，好好的活下去。

回過首，我見到學校裡已經一片殷紅，那密度與色澤比虐殺淑婷時還誇張，而且在籃球場上聚集了黑壓壓的鬼群，我連想都沒想，第一次拔腿往可怕的地方奔去。

心蘭！一定是心蘭出事了！

我還沒跑近他們，惡靈們突然將頭轉了一百八十度看著我，甚至讓出一條路，尖笑聲持續不絕於耳。

才往前幾步，我就聞到一股惡臭！我只慶幸那跟郭文秀屍體的腐臭味不同，是一種我還算熟悉的味道……是廁所裡的味道！

怨靈們圍成一個圈，中間圍出片空地，而美麗的心蘭就在中心點，狼狽不堪！我呆愣在原地，看著她原本漂亮的長髮被剃得亂七八糟，再看見許多惡靈對著她拳打腳踢……

而郭文秀……或是郭文秀的母親以郭文秀的姿態站在一旁，如同欣賞歌劇一樣，那嘴角微微上揚，如同心蘭平日的神情，看著這一切。

而心蘭身上佈滿黃色的物體及液體，幾個怨靈學生拎過一桶又一桶的排泄物，往心蘭身上倒。

「住……住手！」我忍不住喊了出來，「你們夠了吧！」

郭文秀看向我，「我女兒被欺負時妳一句話都不吭，現在倒是喊得挺快的嘛！」

果然是郭文秀她媽媽！我倒抽一口氣，感受到視線從四面八方刺來，全身開始因害怕而微顫，可是我還是緊緊握住拳頭，我不能再犯一樣的錯誤！

「這樣欺負她你們心情就會好一點嗎？死了就能復生嗎？」

「不能，但是沒有理由永遠是我們被欺負的份。」我身邊的怨靈開了口，她的舌頭掛在外頭，頸子間有勒痕，以死前的模樣出現，「妳們也應該感受一下，那種生不如死的感覺！」

怨靈們一陣鼓譟，所有人圍上前去，開始拚命的攻擊心蘭，我想要上前阻止，卻發現跨不出去！

我面前有一片無形的阻隔物，擋住我的去向，我只能在這頭拚命敲打，看著心蘭被打得死去活來！

夠了！夠了！心蘭怎麼能忍受這種羞辱！她是永遠高高在上的女王啊——我泣不成聲，在那片無形的阻隔物前滑坐了下來。

「好了！我想大小姐受夠了！」郭媽媽的聲音傳來，眾怨靈們停止了攻擊。

我突然發現阻隔物消失，立刻衝上去找心蘭！她身上頓時變得乾淨整齊，一點異味都沒有，只是那頭飄逸長髮已不復在。

「心蘭！心蘭！」我攙著她，擔心她哪裡受傷了，卻發現她連一處瘀青也沒有。

心蘭沒有回答我，但是卻雙手緊握飽拳，撐住地面，那雙該是靈活的眼睛惡狠狠的瞪著地板，全身因為怒氣而顫抖。

「竟敢……對我做這種事情……」她竟咬牙切齒的說。

「心蘭！妳不要這樣！這些……這些是平常我們對郭文秀做的啊！」我試圖平復她的怒氣，「我不知道妳怎麼想，但是我想要跟郭文秀道歉，我——」

「道歉？」一掌火辣地熨上我的臉，心蘭力道之大，甚至把我打飛她身邊，「我死都不會跟她道歉！」

食指指向站在一邊的郭文秀，她倨傲地站在原地睥睨心蘭，挑起的笑容讓我不寒而慄。

「心蘭！上一代的事情別扯到無辜的人！文秀什麼都不知道，她徹底的無辜！妳不能把對父母親的恨，轉嫁到郭文秀身上！」我硬生生的戳破了心蘭的防護罩，「真的要論對錯，妳父親才是肇事者！」

「閉嘴！閉嘴——」心蘭彷彿被我說中了，跳起來準備衝過來打我。

結果有好多隻手飛快的竄出來，抓住了張牙舞爪的她。

我突然發現，應該圍成一圈的怨靈都消失了，他們聚集到心蘭的身後，每個人都吊著眼珠子，露出陰邪的笑容，而且得意到一種喜不自勝的程度。

在這些怨靈的背後開始出現一個巨大的黑洞，彷彿一個漩渦一般，校園裡也開始刮起強大的風。我跌坐在地，看著那個黑洞帶來的陣風，還有從裡頭不停竄湧出的惡靈……

萬頭攢動，一顆顆黑色的頭顱爭先恐後的想要擠出來，所有人掙扎著、尖叫著，把那黑洞塞得滿滿的，還持續的意圖把頸子以下的身軀鑽出來。

有形體的人開始用一種詭異貪婪的神色看向心蘭，一堆手突然由後勾住心蘭的全身上下，頸子、胸部、腰際、臀部、大腿、膝蓋、小腿……那些惡靈的手緊扣著她不放，開始往後拉扯。

而從黑洞湧出的頭顱們也不甘示弱，努力騰出一隻手，渴切般的往心蘭身上抓。

「哇……哇呀——」心蘭被強大的力量往後扯去，往黑洞裡帶去，那些惡靈們意圖將她拉進那個漩渦裡嗎？

「心蘭！」我衝上前，試圖拉住她的手。

「小珮！救我！」她的頸子被勒得太緊，聲音都變了調。

「心蘭，我好崇拜妳喔……跟我在一起吧！」

惡靈們開始吱吱喳喳，聲音嗡響成一片，在校園裡隨著詭譎的陰風迴盪。

「心蘭是我的，她可是女王！」

「心蘭，快點過來，我們都很欣賞妳喔！這次比賽就靠妳了！」

「心蘭……我們都會聽妳的話喔，我們都會……」

他們在搶心蘭！我打了一個顫，這些惡靈在搶奪心蘭？這麼為數龐大，甚至還有從黑洞裡爭湧出來的怨靈們，全都要搶奪這一個人？

我看向郭文秀，我突然能領會她的用意了。

既然心蘭要成為女王，她就讓她完整的……享受這種感覺？

「妳像妹妹……」心蘭突然看著我，「我想把妳當妹妹……」

從發生事情開始，我第一次看見心蘭掉淚。

同時間，她的右手因為搶奪，被活生生撕扯掉了！鮮血噴灑出來，我的身上染上了心蘭的血，而那隻被扯下的右手，也在剎那間繼續被那些惡靈搶奪撕裂而不復見。

我動也不能動……我只能看著心蘭，其實我不是像妹妹，她要說的應該是——我的陰沉跟內向像極了郭文秀！而自小孤單長大的她，其實是想要一個能陪伴她的妹妹！

為什麼到了這個地步，她還是放不開呢？她還不願意走出她自己架設的荊棘，永遠的把自己封閉在荊棘城堡裡。

「啊啊啊——」心蘭的慘叫聲持續著，她的腳也被扯斷，整個人快沒入那片黑暗。

一直到她只剩下一顆頭在外面時，她依然發狂不已的嘶吼著。

心蘭沒入了那片黑洞，在幾秒鐘後，如煙霧般的血霧從裡面噴散了出來！那是非常非常細微的水氣，像極了噴孔極小的噴霧罐，心蘭的血輕盈的散佈在空氣中，以被崇拜的方式被徹底分食。

除了哭泣，我還是什麼都不能做。

倏地，黑洞裡竄出了一隻手，扣住了我的右手。

「妹……妹……」跟著一顆頭緩緩的從額部的地方鑽了出來，「我也要妹妹……」

「嘻嘻，我也要我也要……」又一群一群的頭鑽了出來。

他們跟剛剛一樣的貪婪渴望，唯一不同的，只有他們染紅的臉龐……剛剛是心蘭，現在換我了！

我嚇得尖叫，用力掙開被抓住的那隻手，開始往後退！郭媽媽早就已經消失不見，我不知道他們會用怎麼樣的方法對付我，但是從明君開始的例子看下來，她打算讓我們每個人都「死得其所」！

回身想逃，卻赫見四面八方湧上了為數龐大的惡靈，一步步逼近我，而那黑洞裡的惡靈們，竟也一個個爬了出來，用那枯槁的手當作腳般，喀啦喀啦的往我這裡緩步爬來。

我後退著……我開始擴大步伐，為什麼會有這麼多的惡靈，郭文秀的母親究竟想對我怎麼樣！

我開始拔腿狂奔，往唯一的校門口方向奔去，我腦海裡閃過賀正宇的身影，我多希望他能站在校門口，給予我一點支持與力量！

但是沒有，我往前瞧去，校門口開始湧進惡靈，我被前後包夾了！我前後都沒有退路，不得已的只能往左拐進唯一的建築物——禮堂！

這間禮堂是一切禍事的源頭，想不到我又回到這裡了！我途中跌倒了好幾次，要不是那些惡靈行動不敏捷，說不定我早就被生吞活剝！我才在倉皇失措，卻聽見後門突然傳來撞擊聲。

我的呼吸都快停了，我拚命的尋找可以躲藏的地方，禮堂的光線漸暗，門口開始走進了惡靈，而挑高的窗戶上，竟也爬滿了猙獰的面孔……不！不！我嚇得往後頭衝去，直直衝上二樓，衝進隔間。

最後我慌張的衝進儲物間裡，那唯一可以躲藏的地方，用裡頭的椅子抵住了門。

「嗚嗚……嗚嗚嗚……」我無力的貼著牆壁滑坐下來，雙手掩面，泣不成聲。

事情走到了這一步，只剩我一個人了……可是我不想死，我還不想死啊！尤其我不想像明君她們一樣，遭受那種極大的痛楚，或腐蝕、或分屍、或撕裂……

我的腳開始劇烈顫抖，我能感受到一股強烈的壓力襲擊而來，我看著門下的小縫，現在還是一片光亮，什麼時候、什麼時候開始出現紛沓的腳影呢？

我窩在窄小的空間裡，不住的想往堆疊的課桌椅挪移，手臂突然一陣刺痛，嚇得神經已經緊繃到極致的我差點叫了起來！我舉起左手臂看著，手肘背後被刮了道血痕，定神一瞧，靠近地板的牆上，有根鏽掉的鐵釘。

那個把郭文秀掛著的鐵釘。

文秀就是窩在這個不見天日的地方嗎？現在外頭是異常的白亮，可是那天是晚上，這裡應該是伸手不見五指吧？就算扣除外頭那群可怕的惡靈，我還是會怕一個人被關在這裡……

文秀一定也是一樣，被關在黑暗當中，呼救無人，那種無助的恐懼會侵蝕掉每一吋神經的！我越哭越嚴重，這哭泣是為了文秀、還有為了自己。

我離開鐵釘幾公分，盡可能不要再被刮到，右手卻摸到了一張紙條；我把紙條拾起來，那是張已經有點陳舊泛黃的紙，上頭還有褐色的色塊，那像是血乾涸掉的顏色。

我緩緩打開紙條，猜想著或許這是郭文秀留的遺書……

——妳也被關在這裡嗎？

喝！我嚇得扔下紙條，這是什麼東西，為什麼用「也」這個詞！

喀！

某個聲音，隱約但準確的從我左方的桌椅裡傳出來，一股冰冷的寒意直接刺進我的腦門。

喀吱——吱吱——吱——吱——

某個像指甲刮地板的聲音倏地傳來，彷彿有人在吃力的爬行。

我知道，這裡的空間不可能塞得下任何一個人，更別說是那堆疊得密密麻麻的桌椅了！可是就是有什麼東西，在裡面蠢蠢欲動……是這張紙條的關係？還是我剛剛在這裡流血的關係？

從以前我就畏懼這裡，因為在正常的世界中，這裡有著一團可怕的黑霧。

我想起郭文秀的屍體，她的表情駭人，彷彿受到極大的驚嚇，眼球爆凸，看著的是……這些課桌椅的方向。

——從哪裡開始，就得從哪裡結束。

我頓時瞭解這句話的真諦。

喀啦喀啦……佈滿灰塵的課桌椅開始莫名的震動起來，而聲音卻越來越近……

冷汗浸濕了我白色的制服，我緊緊貼著牆，縮在角落裡。

我知道這是酆都，這是為了我們設的刑場，裡面再有什麼我也不該感到驚訝了，可是……我還是怕、我還是恐懼，我正嘗受著那天晚上，郭文秀孤單一人可能經歷過的事情！

我什麼都還沒做，我什麼都還沒說啊！我不該把郭文秀關在這裡的、我不該把她騙出來的、我不該讓她一個人在這裡面臨不知名的危險——至少要給我機會說對不起啊！

吱——喀喀——吱——我知道……有著什麼東西，而且就要出來了，就要出來了——

啪沙！

「文秀！對不起——」我緊閉上雙眼，用最後的生命道歉。

第八章・最後

冰冷的手貼在我的額頭上，好涼……好舒服喔！我矇矓的睜開眼，旁邊有個人，靜靜的對著我微笑，是媽媽嗎？媽媽……

「文……文秀？」我認出來了，那是她恬靜的笑容。

「嗨！小珮！」她笑開了顏，「妳還在發燒喔，躺好！」

「文秀，我不是故意的！我只是……」我掙扎著要起身，我都是死人了，還發什麼燒！

「妳不是道歉了嗎？我聽見了。」文秀抬起頭，看向另一個方向，「我就說嘛，小珮一定會道歉的！」

誰？還有誰在這裡？天哪，我怎麼會這麼暈？靈魂離開軀體時，會有這種可怕的感覺嗎？

「是啊，說起來那麼簡單，卻沒有人願意道歉。」一個模糊的身影走來，看起來是個玲瓏有致的女人，憐愛般的摟過郭文秀，「我只要一句簡單的對不起，要不然我不甘心。」

「是郭媽媽嗎？哎，我頭好暈，我剛剛在儲物間裡……」我想我連說話都語無倫次了。

「沒事的，那裡只是有個積怨已久的怨靈而已，她也是曾經被關在那裡的女孩！我那天晚上看見了她的紙條，又因為歇斯底里敲門敲到雙手都流血了，才把她喚了出來，真是嚇死我了！」

「妳……妳是被惡靈殺死的嗎？」我的淚又開始淌下。

「不是，我只是被她嚇到……腳一打滑，撞上了鐵釘。」郭文秀吐了吐舌，仰頭看向女人，「然後遇見了媽媽。」

是嗎？所以到頭來，郭文秀真的是被我們害死了。

「就這樣了，我們該走了！」郭文秀的手再度覆上我的前額，好舒服吶……「我一點都不怨妳們，我總是想著其實妳們很可悲，而我只要畢業後就沒事了！只是沒想到，這是我的命。」

文秀……我開不了口，我伸長了手想握住她，我要道一百次歉，我得要……

「永遠都要活得這樣坦蕩蕩喔！」郭文秀的聲音輕揚，她聽起來很開心，真好……真好……

「小珮！小珮！」又有人在叫我了！我沒空，我必須好好的、正式的，連心蘭她們的歉意都一起說完，其實心蘭她們也不是故意的，她們只是……正如妳說的，有點可悲罷了！

「小珮！」一雙熱燙的手突然握住我伸上前的手，驚得我顫動了身子。

媽媽的臉清晰可見，她憂心忡忡的看著我，淚水從裡頭湧了出來。

「媽……媽媽？」我嚇了一跳，為什麼媽媽會在這裡？

「妳醒了！妳終於醒了！」媽媽緊緊抱住我，伏在我身上開始痛哭，「我還以為妳再也醒不過來！啊啊——」

我的知覺有點遲鈍，但是我仰頭看著，看到一室的白，還有醫院裡特有的藥水味……我在醫院嗎？我怎麼會在醫院？

「醫生！醫生！我女兒醒了！」媽媽突然抬頭，趕緊呼喚醫生。

我還活著，我活得非常好，而且當我意識完全清醒時，坐在病床上，我這雙陰陽眼重新看見了醫院裡絕對不缺乏的鬼魂們。

我因為高燒昏迷而送醫，但是我是在學校裡被發現的。

正確來說，我們是在郭文秀的屍體旁被發現的，而被發現的時間，是在我們從麥當勞走去學校，確認郭文秀是否死亡的那一天！

我們在心蘭家後頭山坡上的立誓、我在家裡昏昏沉沉的一切，包括那位「媽媽」慈愛陪伴的身影，全部都不是在人界裡發生的事！

隔天我就出了院，直到春假結束後開學，我依舊沒有看見心蘭或是明君她們，一直捱到一個有空間的週末，我拒絕媽媽的陪伴，獨自一人來到了精神療養院。

我在冰冷的醫院裡登記，我是位訪客。

因為我有三個同學，都被緊縛在精神病院的病床上，並且歇斯底里的叫喊著。

李明君的病狀是認為自己被血給腐蝕了，醫生認為這是被害妄想症的一種，照理說應該是硫酸或鹽酸，他不明白為什麼會是血；方淑婷則是吃吃的笑著、偶爾尖叫，說她的腳被鋸斷、臉變形了，偶爾會笑著問護士說她長得像不像心蘭。

我來到沈心蘭的房間時，她直直躺在病床上，不需要任何繩子的束縛，只是雙眼發直的看著天花板；她連話都不會說、飯也無法吃，醫生完全無法跟她溝通，我想應該是因為她以為自己已經被撕扯成碎片，不該有嘴巴可以說話了吧。

我站在心蘭的病床邊，心疼的撫摸她的臉頰，郭文秀的母親誰都沒有殺害，我們只有靈魂進入了酆都，所以被傷害的是靈魂，才會永遠不死的承受痛楚，但某方面而言，這算是更可怕的折磨。

明君跟淑婷來不及感受到該後悔的一切，而心蘭不願向自己的心魔低頭，她們都被自己所禁錮住，所以永遠掙脫不開；郭文秀的母親只希望我們有認錯的心，我臨死前的歉意，還有試圖救心蘭的勇氣，早已走出了我自己設下的藩籬。

一切都如同郭文秀那晚在禮堂後門對我說的：「妳要談的不是從心蘭手中解脫，妳該想的是：怎麼從自己的禁錮中解脫。」

我們被發現時，心蘭她們三個早已神智不清，而我則是因為高燒而昏迷不醒；沒有人知道，在我們去確認郭文秀的生死，打開儲物間木門的那一剎那，就已經親手打開了酆都的城門。

我們自己造的孽、犯的罪，還自己開了鬼門讓自己進入。

永遠不要以為欺負同儕這種小事沒什麼大不了，我也深刻領悟到「勿以惡小而為之」的道理，很多事情冥冥之中自有定數，你永遠不會知道自己會觸犯到什麼不該碰觸的禁忌。

「妳那什麼臉？不爽嗎？」女廁一角，傳來聲響。「扁她！」

「幹什麼？」我冷不防的湊上前，「妳們在欺負同學嗎？有什麼深仇大恨嗎？」

幾個才一年級的學妹一臉囂張拔扈的模樣，但一被發現了，摸摸鼻子迅速的離去，離開前還狠瞪了我一眼。

工具間裡有張哭泣的臉，我從口袋拿出一顆粉紅色包裝的糖果，塞進她手裡。

「洗把臉，吃顆糖，心情會好得多喔！下次遇到這種情況，要反抗、要為自己堅強起

來。」

學妹看著我，用力抹著淚，點著頭。

走出女廁，我一如往常，只是比以前多了份勇氣，我再也不會袖手旁觀，我不會不敢開口，我也決心永遠都要活得如此坦蕩蕩。

「去嚇嚇她們。」我對身邊的幾個從酆都跟來的學生亡靈說著，「適可而止喔！」幾個亡靈笑著，迅速跟上欺負人的小學妹們，我已經能接受自己，包括這雙陰陽眼。

「看來妳適應得很好嘛！」高帥的男生站在一旁，冷不防的開了口。

「嘿！」我喜出望外的笑了開顏，「今天不是去複診嗎？醫生怎麼說？」

「沒事！只是拐杖還得再用個半年吧！」賀正宇拄著拐杖走向我。「走吧，兩個圖書館義工都要遲到了。」

賀正宇那天上學途中被酒醉駕車的小卡車撞個正著，其實連醫生都覺得回天乏術，就在要拔管前卻莫名其妙的恢復了心跳，而且以驚人的恢復力痊癒；我們心照不宣，都認為是來自鬼都的幫助。

「我就知道只有妳會回來。」他溫和的笑著，看著夏季的陽光灑落一地。

「為什麼？」我不對此自豪，因為我害死了一位同學，也失去了三位朋友。

「因為郭文秀召喚我過去時，就是希望我能幫助妳，走出自己的禁錮。」他至此刻才把實情道出，「她說，妳跟她很像，卻走不出來！」

召喚他去的人是郭文秀？我感嘆的苦笑，我想我永遠不及她的泰然、她的寬容以及她的善良。

「我是殘障人士，妳等會兒幫我把這包垃圾丟進垃圾場好不好？」他拎著一袋詭異的垃圾。

「為什麼不放在垃圾桶裡？掃地時間時值日生會倒啊！」我狐疑的接過那包聞起來都是巧克力味的垃圾，「噯，這裡面……啊！是那兩隻愛吃巧克力的垃圾鬼！天哪，你看得見？！」

又發現一個新大陸，我詫異的看向賀正宇。

「賀家人都看得見！」他一臉神秘兮兮的說著。

我開始對這傢伙好奇，不過瞧他一臉神秘樣，大概什麼都還不想說……沒差，反正未來的時間長得很。

我鑽到他腋下攙扶住他，這點親暱對男女朋友來說，一點都不算什麼！我們有說有笑的往圖書館的方向走去，一路上認識的亡靈們會跟我們打招呼，有的人會讓條路給賀正宇走，其實我期待的是，有一天文秀會出現在我們面前。

「小珮，妳知道為什麼文秀特別在意妳嗎？」正宇突然故作神秘的問了。

「咦？我……我不知道？因為我特別沒用嗎？」對於過去的我，我只能想到這個答案。

正宇微微一笑，突然指了指上空。

我抬頭望天，見到指考前炎熱的陽光，涼風吹拂過我的肌膚，還有從天而降，只有我跟賀正宇看得見的雨。

五彩繽紛的糖果雨。

番外・守護神

今晚的風特別冷冽，縱使在寒流來襲的冬季夜晚，今夜的風卻特別刺骨，還帶了點令人毛骨悚然的陰冷；或許是連續下了幾場雨，厚重的烏雲遮去了該是明亮的圓月，只留給大地一片淒冷的闃黑。

一條寬大的六線道高速公路上，呼嘯而過的車燈卻少得可憐，偶爾零零星星的幾道光影掠過，更增添幾分寬廣的淒涼。

而在這條高速公路的一旁，有個岔道，像是通往另一條國道，那條罕無人煙的國道。

這條國道荒廢已久，根本沒什麼人會去注意，原因在於走這條路根本繞了一大圈，不如走省道或是北二高都來得快，可替代的道路到處都是，加以這條高速道路彎道特多，駕駛人是能避就避。

一陣冷風再度掠過，吹得路邊枯黃的樹枝亂顫，連國道指示牌都快被亂生的雜草給遮去字樣。

突然不知從哪兒竄出一個身影，身影非常矮小渾圓，走起路來一拐一拐，活像個喝醉的

胖小孩，出現在陰冷的岔道上！他吃力的拿出張紅色符紙，貼上了路標指示牌，接著再使勁的搬過紅底白字的路障，上頭清清楚楚的四個大字：「車輛改道」。

「動作快一點好不好？」在彎道深處，更加看不清的地方，傳來了低沉的聲音。

「快……我已經很快了！」矮小的身影氣喘吁吁，像是瞪著裡頭催促的人。「不高興就自己來做！」

「還敢頂嘴！時辰就快到了！」忽地一陣紅光閃過，像是鞭在矮小身影的身上，只聽得一陣輕哀。「出了錯誰負責！」

「嗚……架好了！這不是架好了嗎？」語音一反剛剛的不悅，這會兒聽起來可愛多了。

「結界呢？結界不設，發生萬一怎麼辦？」

矮小的身影不敢造次，只見他緩步蹣跚的走到路邊下方，從懷裡探出塊石子，輕巧的擱上了地。

「走了走了！開始了！開始了！」裡頭的聲音聽起來興奮高昂，「百年一次的祭典，終於要開始了！」

剎那間，那低沉的嗓音與矮小的聲音全數消失，公路上又恢復一片寧靜。

在被遮去字樣的指示牌邊，有台破爛的摩托車，無聲無息的躺在角落裡。

強風吹得紅色的符紙攀不住路牌標示，一小角掀了起來，隨著狂風肆虐，越掀越高。

啪噠再一陣風過，紅色的符紙被捲進黑夜之中，捲了兩翻，連蹤影都瞧不見。路標上出現清晰的綠底白字：「九號國道。」

他想死。

這是認真的，不是那種無理取鬧的哭嚎，也不是特意坐在頂樓鬧得人盡皆知，再等著消防隊員把他救下來，更不是想威脅哪個人。

他是真的想死。

請不要嘲笑他，誰也沒資格批評或是數落他的輕生，因為任何人走到他這個地步、過了他這種人生，到最後都會選擇一死了之。

站在白色矮小的水泥塊邊，那是國道邊的護欄，其下是深不見底的山崖奇石，這裡白天景致好，總是海天一色的藍、浪花滔滔，看了不免令人心曠神怡。

可黑夜裡看來就格外嚇人，黑漆漆一片伸手不見五指，耳裡只聽得浪花打上險灘的聲音，一陣一陣，其他什麼都看不見。

聽說海浪打上岸時，那破碎的浪花裡總纏捲帶著無數死靈，他們掙扎的想攀住海灘或岩

石，有的人想往家的方向去、有的想拉下一個替死鬼，好讓自己快點脫離這冰冷的海底。

唉，放心好了，他這就來了。

他選擇這險峻的山崖邊，跳下去一定是立即死亡，他會摔得稀巴爛，再被海浪給捲走。

再認真的說一次，他真的想死。

拉出頸子間的護身符，那是曾祖父臨死前交給他的，他還記得曾祖父莫名其妙的最疼他，比疼孫子還珍惜，總是寵溺般的把他帶在身邊呵護，不准他做這個、玩那個的。

臨死前，曾祖父顫抖的手指向床底下一個木盒，家人趕緊搬出，上頭還貼著黃色的符紙；曾祖父話不成一句，就指著那盒子，語不成串的說著：「護、護身……」

就是這三個字，嚴格說起來只有兩個字，說不全就斷了氣。

曾祖父享年九十九歲，德高望重，臨死前給了十歲的他這個如珍寶般的東西，他自然是慎重的掛上頸子，知道那是曾祖父臨終前放不下心，非要他戴著不可。

可是……

「媽的，這種東西根本一點用都沒有！」瞪著手中的護身符，他真想把這護身符給丟掉！

保平安？騙肖仔！他這個人的人生，簡直可以用衰到底來形容！

大事不常，小事天天有！運氣背到家，而且保證前無古人後無來者！

先不要談以前的事情，所謂好漢不提當年背，就講最近的事好了。

三天前期末考完，跟胖子他們去溜達，看到一台超可愛的轉蛋機，六個超萌的高中女生模型，怎能不讓他躍躍欲試？五十元一個轉蛋，他媽的連投六次，竟然都拿到同一隻！六次！用機率算起來簡直是0.0001％！偏偏就發生在他身上！

這在他人生的衰事中算小咖，他乾笑著把六個轉蛋收起，沒走一條街就發現錢包被扒了！所有的證件都在裡頭，不得已就跟胖子他們分道揚鑣，趕緊去辦停卡的手續。

好不容易停完卡，心情很塞的決定回家睡大頭覺，機車卻被偷了！他還花了好幾個小時報案，轉了四趟車才回到宿舍，踏進宿舍的那一瞬間，警局就打電話來說車子找到了。

他的愛車被摔得破破爛爛，擱在路邊保證沒人會要再騎，更糟的是還被歹徒騎去搶劫……他那天根本是在警局裡過夜的。

欲哭無淚的情況下，胖子他們很有義氣的先借他一台車騎，撐過幾天，反正他隔天就能夠領到打工的薪水了！老闆欠了三個月沒給他，說定明天一定給，算算也有五、六萬……他打算先繳完積欠已久的房租、再去分期買一台新車……那種爛車當然不要了！

結果老闆捲款潛逃、他一毛錢都沒拿到、兩天後被房東勒令趕出宿舍，無處可去的情況下跑到女朋友小琴的宿舍去，卻發現小琴宿舍門口有別的男人的鞋子，裡頭還演奏著貓叫春。

他俗仔，因為他知道如果闖進去，說不定反而會被揍得鼻青臉腫，他連健保卡都沒有，醫藥費也生不出來，只能忍著怒火、戴著綠帽離開小琴家。就在他準備打給胖子抱怨時，他手機來了最後一通電話，電信公司通知他，有人用他的證件去辦手機，話費欠了兩萬四千塊，要他立刻還清。

站在路上，他開始覺得他即使站在這裡都是一種錯誤。

夠了！他受夠了！他的人生接二連三的發生這樣的事，但是這次真的太誇張了！他才二十二歲，如果他不幸的擁有長壽的遺傳基因，那他還要倒楣幾年啊！

所以他騎著胖子借他的破爛機車，找尋一個寧靜、保證不會被阻止的地方，打算一死了之。

在來的路上，他身上僅存的一百元被搶走，那群肖年仔還因為他錢太少，狠狠的扁了他一頓。

無所謂了、隨便了，反正這就是人生嘛……操他媽的誰的人生是這樣過的？！

地獄可能都比這邊好，至少在地獄不會有人搶他錢。

金禱嵋認真的跨越那矮小的水泥塊護欄，內心平靜得無以復加，他拿起手機，漂亮的一記長射，把身外之物給丟掉了。

手機沒被搶走，因為這款手機舊到連0元都沒人要。

曾祖父，曾孫來找您了！

就在金禱嵋準備跨出決定性的一步時，忽地後頭一陣鏗鏘，像是車子撞翻了什麼的聲音，他趕緊回頭，只看到一台敞篷跑車呼嘯而過！

車上有著醉醺醺的一堆男女，最後在風裡的尾音是一個長笑的女子聲音，「哈哈哈！你撞到什麼了啦！」

搞屁啊！酒後不開車、開車不喝酒沒聽過嗎？開敞篷了不起啊？一看就知道是有錢人家的腦殘第二代，車上載一堆胸大無腦的拜金女，過什麼糜爛的生活！

金禱嵋嗤之以鼻的哼了聲，他就是對那種人不屑！因為那些養尊處優的有錢人永遠不曉得他生活的痛苦與艱辛！

跨回馬路上，他往回走去，剛剛那撞擊聲在深夜裡聽來特別刺耳，搞不好是那一車酒鬼撞到了人，肇事逃逸，那可怎麼辦？

走了一小段坡路，來到九號國道的入口，金禱嵋赫然發現路上有兩座被撞凹的鐵架。

「車輛改道？咦？我剛剛進來時還沒看到啊？」金禱嵋喃喃自語著，動手把鐵架給抬起，重新歸回原位。「搞不好是這條路要施工還是幹嘛的……嘖，腦殘的有錢人，萬一讓不知情的人開進來不是很危險嗎……啊！」

金禱嵋驚跳起來，如果裡面真的在施工，那剛剛那台敞篷車一定不會注意……要是撞到了辛苦工作的道路工人那怎麼辦？

說時遲那時快，金禱嵋不顧其他的往回跑去，修路工人都很辛苦的，非到深夜才能施工，都是為了怕影響白天交通！要是被腦子裝豆渣的酒鬼撞死，那他們一家大小怎麼辦？

有錢人家用錢一下就能擺平，這不公平！太不公平了！

跑到原本準備自殺的地點，金禱嵋遲疑了一下，照理說他現在應該已經縱身而下，沒有太多時間管別人的事……可是如果就這麼扔下修路工人的安危不管，他說不定會死不瞑目！

噯呀，要死等一下再來死，不急於一時！

沒走多遠，他就看到停在路肩的跑車，急匆匆的跑到車邊，卻發現車子裡空無一人？金禱嵋有些狐疑，他不懂車子為什麼會停在這裡，以及……這方圓百里之內，怎麼會看不見那四個醉鬼的身影？

怪了……連棵樹都沒有，他們有可能跑那麼快嗎？

『你真好心！』驀地一陣甜甜的嗓音由後響起。

金禱嵋飛快的回首，看到一個辣到不行的正妹，無聲無息的站在他身後。

哇靠，他真的很久很久沒見過這種正妹了！身高大概有一百六十五以上，胸部超豐滿、腰卻很細，臀部渾圓又俏……他不是高段的目測者，而是這位辣妹根本穿著紅色的緊身皮衣！

不但低胸，連兩側腰際都露了個洞，迷你窄裙下還有一雙勻稱的長腿，活像 SM 女王！

「嗨……」金禱嵋竟然怯生生的打了聲招呼。

因為這位辣妹出現得太詭異了，沒有看到車子、也沒聽見她腳上那雙馬靴所蹬出的腳步聲……呃？金禱嵋擰住雙眉，認真的再看了一眼辣妹腿上的長靴——

媽呀喂呀！她——沒有腳！

「哇啊啊——妳是什麼東西！」金禱嵋失禮的嚇得躲進跑車後頭去！

「喂！真沒禮貌！」辣妹不悅地噘起紅唇，「我可是當家花旦耶！」

「南無阿彌陀佛……觀世音菩薩、九道先師……」金禱嵋根本沒在聽辣妹說話，逕自緊閉雙眼，開始把認識的神都搬出來唸了。

「喂！」辣妹咻的就飄到他身邊，「喂——你唸再多也沒用啦！」

金禱嵋全身不住的發抖，偷偷睜開一絲眼縫，立刻又看到飄浮的女鬼在他耳際，嚇得他幾乎要魂飛魄散！

「要死的人，還怕我這個鬼？」末了，辣妹嗤之以鼻的哼了聲。

嗯？這句話可徹底的喚醒了金禱嵋！是啊，他來這邊是要幹嘛的？應該是要來自殺的吧？他連死都不怕了，何必怕什麼鬼呢？更何況，這隻鬼可不是書上寫的猙獰恐怖，而是辣翻天的辣妹耶！

「妳……真的是鬼？」金禱嵋終於抬起頭，還用力嚥了口口水。

「廢話，先生，你有認識哪個朋友可以飄在空中跟你聊天的嗎？」辣妹瞇起眼，笑得不耐煩，「而且小腿以下還會逐漸模糊……」

「沒有……」衰人如他，還真沒有這種朋友！「那女鬼小姐，我想請問一下……」

「我叫安琪！」辣妹挑起一抹笑，「Angel～天使那個安琪！」

是、是喔？怎麼有女鬼自稱是天使的啊？金禱嵋直覺自己遇到怪鬼了。

「那安琪小姐，請問一下，我死了嗎？」金禱嵋認真的看向女鬼，要不然，為什麼他會見鬼呢？

安琪錯愕的看了他一眼，從頭到尾、從上到下的打量了一次……接著反而皺起了雙眉。

「你……還沒死……」她原本已經很白的臉色變得更慘綠了，「對啊，你還沒死？！」

「是、是這樣嗎？」應該也是，他可沒有跳下山崖的印象啊！

問題是，他沒死……那位女鬼小姐也不必緊張成那樣吧？他應該要死嗎？

「你是活人！怎麼會出現在這裡？」下一刻，安琪驚慌失措的看著他！

金禱嵋可差點沒笑出聲來！這位安琪女鬼真可愛，這裡是國道耶，活人比比皆是好嗎？反而是他今天運氣差了點，才又見了鬼！

「這裡雖然荒涼，但好歹是一條公路，OK？」金禱嵋站了起身，拍拍高級豪華敞篷車，「我剛剛可是追著這台車上的四個醉鬼過來的呢！」

「對啊！你的確是追著這台車……」安琪一驚，開始折起手指，「一、二……五個人……這裡有五個活人？」

「不止吧？我想前面還有修路的工人，應該有一大票喔！」金禱嵋強忍住笑意，這位女鬼是不是跑錯地方了，「而且容我解釋一下，這裡是陽界、人世。」

安琪倏地惡狠狠瞪他一眼，臉上罩著片綠色的青光，森寒之氣緩緩的從她身上竄進了空氣裡。

「鬼祭裡不該有活人的……」安琪咧嘴而笑，「你們闖進了不該闖的地方……」

「鬼……祭？」那是什麼玩意兒？

「活生生的人肉和鮮血啊……呵呵……呵呵呵……」下一秒，安琪開始尖銳的狂笑，「太精采了！太精采了！」

「妳在說什麼……我聽不懂！」金禱嵋再鈍，也感覺出空氣異樣的流動了！

「我是看在你好心腸的份上，特別提醒你！快點離開這裡吧！」安琪勾起一抹魅笑，旋了個身再往上飛去，「不然你就會變成活生生的……」

最後的音隨著女鬼身影消散，一個字也沒留在風中。

變成什麼？什麼東西啊？妳話可不可以講清楚再走啊！

金禱嵋開始緊張的左顧右盼，他現在站在寬大的馬路路肩，前無古人後無來者，只有他跟眼前這台敞篷車；雖然沒聽清楚剛剛那個女鬼所說的話，但他可沒錯過幾個關鍵字。鬼祭？還有人肉鮮血？難道是鬼的元宵節還是什麼嗎？他不由得打了個寒顫，這裡好像不是該來之處。

金禱嵋忙著在身上想搜索手機，卻想起他剛剛已經用很漂亮的姿勢把手機給扔掉了……是啊，他是來自殺的，怎麼搞出這些胡七八糟的事情？

皺了皺眉，他現在該繼續自殺的任務，還是應該聽女鬼的話，早點離開這裡？聽她的話中之意，活人待在這裡似乎不大好。

這個想法才剛閃過腦子，漫天大霧忽地飄飛過來，還夾帶著夏季裡不該有的寒冷。只消幾秒鐘光景，這條路上就變得伸手不見五指了！金禱嵋嚇得蹲低身子，拿跑車當掩體，雞皮疙瘩開始一顆顆竄出皮膚外層。

咻ㄒ砰！一道不知名的煙火從霧裡竄起，在空中炸出個斑斕的火花！

緊接著，他聽見了！他聽見了萬人踏地的聲音！

「呵呵……真好真好！好久沒這麼熱鬧了！」都快趴上地面的金禱嵋，從車底的隙縫裡瞧見了一雙又一雙的腳砰的出現，「我可是等了一百年吶！」

「哈哈，光看著煙火就心曠神怡！聽說全是徐老收集來的！」另一個聲音悠遠的飄來，「一道煙火，就是一個人類的靈魂呢！」

「哇哈哈，壯觀！壯觀！能綻放出這麼美的煙火，應該都是年輕人吧？」

「那當然……不過聽說貨色最美的，是放在祭典的壓軸呢！」

聲音開始嗡嗡然，彷彿萬人大遊行一樣，有一堆人正走在這條寬大的國道上頭，他們心情很興奮，煙火聲四起，不一會兒更是鑼鼓喧天，儼然是廟會一般的熱鬧！

鬼祭……果然就是指鬼的祭典！剛剛有人說等了一百年，那可是個重要而且盛大的節日啊！

不不，他在興奮什麼？這件事很嚴重啊！金禱嵋牙齒都害怕得打起顫來，為什麼鬼的祭典要辦在人界的國道上啊？

「這是什麼？」兩雙大腳，突然站在敞篷車邊，「怎麼會有車子在這裡？」

「引擎還是熱的！」低沉的聲音威嚴的在空中響著，「有人類跑進來了嗎？」

這句話一出口，剛剛那陣喧鬧戛然而止，什麼鑼鼓、談笑聲，連煙火聲都消失了！四周變得一片靜寂，連風聲都聽不見！但是所有的鬼眾依然站在現場！

「封印路口的是誰！」有個金屬物往地面一擊，彷彿地震撼撼動天地。

「是……是小的……」微弱恐懼的聲音傳來，就站在威嚴者的身旁。「小的有確實的封印好啊……而且也立了道路施工的標誌了……」

「去給我查清楚！」咆哮聲一吼，金禱嵋不由得摀住雙耳，他差點以為耳膜要破了！「鬼的祭典，是不許有人類進來的——否則——」

嘻嘻……嘻嘻嘻……淺淺的笑聲還是響起，然後是更大的笑聲、更興奮的大笑，終至於熱絡至極的高談闊論！

「人類！人類！活生生的人類！」

「嘿嘿……瓜分人類的靈魂根本不夠看，可以吃到血淋淋的人肉啊！」

「我要吸乾他們的骨髓……活人的骨髓是香甜濃郁的啊……嘻嘻、嘻嘻嘻……」

什麼！他們在談論什麼！人類闖進鬼祭就得被那樣生吞活剝嗎？太誇張了吧？他們在談論的是人、可不是什麼動物耶！是他們原本的形體，活生生的人類啊！

「安靜！」咚咚咚，敲地三聲，鴉雀無聲，「立刻給我找到闖入的人類，就當作祭典的大獎吧！」

如雷貫耳的歡呼聲響起，凍結了金禱嵋的心。

他、他是要自殺沒錯……可是不是要被一堆鬼五馬分屍、撕肉飲血兼被吸乾骨髓的啊！

他得求救……不！不對，這時候打 119 也不會有用，他應該要趕快趁機逃出去才對，他離國道入口很近，三兩下就可以衝出去了！

屏住呼吸，他一回神才發現那一大票的鬼眾早已消失得無影無蹤，現場變得跟一開始一樣，彷彿只有他、車子，以及白茫茫的霧。

幾乎是又等了幾百年，金禱嵋才緩緩的爬起來，準備立刻溜之大吉！

他實在是衰到家了！連要自個殺都會撞鬼！撞鬼就算了，還誤闖什麼鬼眾的祭典，弄不好還會被當成祭品瓜分掉？

他還要自殺嗎？是！他說過他心意已決，不過他決定改天再來！

因為以他過往豐富的經驗來看，他幾乎有可能就會是被抓到、而且在盤子裡讓厲鬼們享用的那個祭品！

『找到一隻！』

陰森的氣息竄進他耳朵裡，冰凍了他四肢百骸！

有沒有那……麼……準……金禱嵋不是被什麼力量綁住身子，但是他真的全身動彈不得，嚇得雙腳不住的發抖！

有看不見的東西，在他身邊飄來竄去的。

「嘖嘖……這是闖進來的人類啊……」在金禱嵋眼前，依舊見不到一隻鬼，只聽見聲音，就在他耳邊。

「有沒有搞錯？虧大家這麼期待？」媽呀！還有另一隻？！

倏地，一雙黃澄澄的大眼睛，就塞在金禱嵋的眉心前！

那是個人！是的，從外觀來看，他絕對「曾經」是個人！因為他有著人類的骨架，上頭還黏著殘餘的肌膚韌帶，幾絲肉屑隨著肢體擺動而飄蕩，眼睛那兒的窟窿塞了兩顆金黃色的眼珠子。

很意外地，金禱嵋沒有聞到噁心的臭味，只看到快爛光的軀體，他從以前就覺得，腐爛中的身體原比其他型態都來得噁心……所以這隻鬼完全在他的接受範圍內。

難道說，他有看過腐爛中的身體嗎？呵呵，用大腦想也知道，號稱萬年大衰人的他，怎麼可能沒看過啊！他住過的每一個宿舍、每一間旅館、每一個房間，全部通通都撞鬼！

所幸他因為天天年年月月日日都三不五時會見到，早就練就了金剛不壞之身，唯一遺憾的是，沒想到連自殺都遇得到！

「怎麼辦？這個要抓回去交差嗎？」另一個鬼走了過來，他看起來就跟一般人完全一樣，甚至還穿西裝打領帶。

除了從右眼到左嘴角那部分的腦殼沒有之外，其他都很正常。

「我才不要！這種抓回去死的是我們！」骷髏鬼嫌惡般的看著金禱嵋，還後退一步。「你要吃你拿去！」

「噁~我才不要咧！」西裝鬼更是大跳一步，「我看不只他一個，瞧他這窮酸樣，絕對不是敞篷車的主人！人類還有好幾個！」

「嘿！對啊……而且……」骷髏鬼彎進車子後座裡，用森白的鼻骨嗅了嗅，「有女人的味道……」

「嘿……柔軟鮮嫩的女人……」西裝鬼一臉饞樣，口水混著鮮血流出嘴角。

「走吧走吧！先找到的說不定可以選部位先吃！」骷髏鬼迫不及待的想離開似的，「真搞不懂這小子進來這裡做什麼？沒看見外頭的牌子嗎？」

「誰管他？走快點！待久了別害我們也弄得一樣衰！」西裝鬼往後飄去，漸漸消失在空氣當中。

就在兩鬼環伺之下，金禱嵋竟然全身而退！

他愕然的站在原地，剛剛那是怎麼一回事？明明就是命在旦夕之際，他竟然被飢渴的鬼民們「嫌棄」！？那個「噁」是什麼意思？什麼又叫做抓他回去交差他們會死得很難看？

還有最後一句又是怎樣？待久了會跟他一樣衰？

啊啊啊啊——如果敞篷車能翻，他現在就翻敞篷車以示抗議！他這人竟然衰到連鬼都不想吃？

這究竟該哭還該笑啊？

不過……金禱嵋凝重的看著眼前這台車，裡面應該坐著的四個人，現在那些想吃人肉的鬼們開始四處在尋找他們了，他們究竟在哪裡？如果被找到了會怎麼樣？

雖然是腦殘的公子哥兒，可是再怎麼說都是條人命……更別說，剛剛呼嘯而過的那一瞬

間，他有看到，車上的女孩們都是正妹！

金禱嵋嘸了一口口水，深吸了一口氣，再壞也不會比現在壞，反正他都是將死之人了，乾脆趁死前做點好事吧！

邁開步伐，他往祭典的深處走去。

霧氣茫茫的九號國道上，有四個人影踉踉蹌蹌的走著；二男二女，兩個男的看起來衣著體面，兩個女的穿得很少，低胸短裙，非常的性感。

「好冷喔！」珍妮搓揉著手臂，「為什麼都沒有車？這裡不是高速公路嗎？」

「對呀！欸！」另一個長髮小欣拉了拉有錢公子的袖子，「你們說啦，這裡到底是哪裡？」

「我怎麼知道……那台車子花了我幾百萬，說拋錨就拋錨！真是衰小了我！」公子哥兒不爽的說著，再灌了口酒。

「阿泰啊！別再喝了！」同伴不免擔心的搶下酒瓶，「你喝太多了！清醒一點，我覺得這裡怪怪的！」

「怕啥！我愛喝多少就喝多少！喝酒又不會死！」他使勁的搶回酒瓶，還揮將了同伴一拳。

「嗳！阿誠……」珍妮趕緊攙住阿誠，不悅的瞪著依然在灌酒的男生，「誰說不會死！你前不久不是才撞死一個人嗎！」

霎時間，有個鬼哭神號般的聲音，由遠而近的傳了過來。

兩個女孩子下意識勾住阿誠的手臂，嗚嗚……剛剛那是什麼聲音，好可怕喔！好像有人在哭！

「閉嘴！妳是怕全世界不知道嗎！」阿泰氣得甩下酒瓶，酒跟玻璃碎片迸散了一地，「撞死人又怎樣？誰叫她半夜要過馬路？」

半年前，阿泰在 PUB 喝得爛醉，還堅持開車上路，車子開得歪歪斜斜的，闖了紅燈，撞上了出外買宵夜的女高中生。

而且女孩子被勾在車底下，一路拖行了幾百公尺，一直到衣服爛了才離開車底，屍首沒一處清楚完整，家屬悲憤的一狀告上法院。

只是阿泰的父親是現任議員，錢多勢力大，跟黑道又有掛鉤，先是軟性威脅死者家屬、接著又逼得死者雙親被裁員、緊接著房東在威脅之下趕他們離開，親人逐一被威脅或是被群毆，這伎倆兩天上演一次，每天玩個兩輪，不到一個月，死者家屬就在恐懼中和解了。

阿泰的駕照被吊銷了，不過議員老爸說了，低調一陣子，只要有錢，幾張駕照都不是問題。

所以他要阿誠開車載著他繼續糜爛的生活，今天他受不了了，決定自己開車，反正又沒人知道他沒駕照？

「你怎麼這樣說話啊！」小欣受不了了，不屑的吼著，「再怎樣都是一條人命，有錢了不起啊！」

「對！就是了不起！我用錢可以買那個倒楣女生的命！」阿泰三字經不離口，「錢本來就是萬能的，沒錢妳會跟我出來玩？」

「呸！我就不屑！」珍妮厭惡的勾住阿誠的手，「阿誠，我們走！少理這種自以為是的混蛋！」

「滾！你們都給我滾！有錢我還怕沒有朋友嗎？」阿泰顛顛倒倒的往反方向走著，「沒車我看你們怎麼回去！賤貨！」

他一個人一路罵，喃喃咒個不停，一直到濃霧填充了他身後的空間，遮去了另外三個人的影子；他回過身子，什麼也瞧不見，又罵了一串髒話，很不甘願的繼續往前走。

「死女人……臭婊子，我要不是有幾個錢，妳們會黏上來？哼！錢好用得很，可以買自由、還可以買命咧……」

『真的嗎？』

冷不防的，他的斜後方傳來一個天真的女孩聲音。

他猛然回頭，有個樣子稚氣的女生，不知何時站在他的後方；她身上穿著白色的制服，甜甜地朝著他笑。

「妳是……妳是誰？」他酒突然醒了一半，身上冒出雞皮疙瘩。

「我來做生意的。」女孩側了頭，一臉天真無辜的模樣，指向阿泰的身後，「你看一下，你後面有三百萬的現金。」

咦？阿泰再轉回去看，發現自己眼前有一座三百萬的現金山，好整以暇的堆疊在半路上！這是怎麼冒出來的！

「你想想看，這些錢可不可以買你的命呢？」女孩的眼神轉為冰冷，臉上開始滲出血珠。

「什麼、什麼話！妳在胡說八道些什麼？」阿泰開始後退，他撞上了東西，回身看著，發現他的四周圍曾幾何時聚集了一大票的……

鬼！

「你不是用三百萬買了我的命嗎？那你猜猜看我願不願意收那三百萬，饒你不死呢？」

女生的身子開始斷裂、噴濺出大量鮮血，原本可愛的臉孔掀下了一層又一層的皮，露出鮮血淋漓的肌肉與渾濁的黏液。

是、是那個女生？阿泰瞪著眼前逼近的女孩，她染紅的制服上，繡著他熟悉的名字——真的是那個女生！

「不！不要！哇——」

三個人影在瞬間回過了身子，聽見迴盪在馬路中的淒厲叫聲。

「那個……是阿泰的聲音！」阿誠緊張的想往前跑，他得去看看阿泰出了什麼事！

「阿誠！你等一下！」小欣拔腿就追，高跟鞋在空蕩蕩的路上產生回音。

正前方，也奔來一個身影，在濃霧中模模糊糊，但誰都聽得見腳步聲。

「阿泰！阿泰！」阿誠喜出望外的往來人奔去，眼看著對方越來越近——直到他們誰也沒煞住車，撞在一起為止。

兩個大男人摔了個四腳朝天，女孩子失聲尖叫，定神一瞧，是個陌生男人，狼狽的呈大字形趴在柏油路上。

「先生……你還好嗎？」珍妮彎下身子戳了戳金禱嵋的肩膀。

「嗚……噯喲！痛死我了！」金禱嵋撐起身子，他的額頭好像撞了一個大包，「痛痛痛死我了！」

搖搖撞暈的頭，驚魂甫定，就看見眼前有個濃妝豔抹的美女——他立刻往下身看，厚！這個有腳！

「小姐，妳是人還是鬼啊？」他劈頭第一句，沒啥禮貌。

「神經病！我當然是人啊！」珍妮甩開他，莫名其妙的男人。

「人？」他再往旁邊瞧，發現有三個人，然後開心的笑了起來，「啊！你們是開敞篷車的人！」

「……對！你怎麼知道？」阿誠沒見過金禱嵋，覺得他怪怪的。

「我剛本來要自殺，結果你們撞爛了施工的標誌闖進來，我怕你們撞到施工工人，一路追了過來……偏偏你們車子停在路邊，人都不見了，我跑了好久才找到你們！」

金禱嵋不間斷的說完，臉上堆滿笑意！真好，讓他找到了！他一直怕這四個人被鬼先找到，扔進盤子裡當大餐就糟了……嗯？他忽然斂了容，算了算眼前的數量，一二三——「啊你們不是四個人嗎？」

「啊！阿泰！」阿誠這才回了神，「剛剛好像聽見阿泰的叫聲，我們快過去看看！」

「叫聲？你們分開行動？」金禱嵋暗暗佩服，這種場面還有人敢單獨走喔？

他是夜路走多了，習慣看到鬼，這幾個有錢人也是喔？

「剛剛我們吵了架……嗳！反正剛有人慘叫，聽起來很像阿泰！」小欣懶得解釋太多，「先生，你剛從那個方向跑過來，有看到阿泰嗎？」

金禱嵋愣愣的看著他們，用力的搖搖頭。

「沒有，而且你們最好不要過去。」他相信他們聽見的，應該就是那個醉鬼的慘叫聲。

「為什麼？」珍妮睜圓了眼，遇上了奇怪的宅男。

「因為啊，這裡現在充滿了鬼！」金禱嵋用一種非常認真的神情，神秘兮兮的對他們低語，「你們誤闖鬼的祭典了！」

……三個人看著他，他們深深的感覺到，遇上了神經病了。

分別交換了神色，他們幾乎是同時別過了身子，決定去找阿泰比較實際；只是當他們要往前走時，忽然跑出了一個 SM 系的女王辣妹！

「你們為什麼不聽他的話呢？他是個好人耶！」安琪憑空出現，為金禱嵋抱不平。

「又一個神……」經病？這三個字沒敢說，今晚真是莫名其妙。

不過阿誠正為安琪的打扮激賞，身材超好，胸部豐滿屁股又翹，那雙腿喔……腿？

「哇呀！她她她她沒有腳！」阿誠向後大跳一步，整個人往後摔去。

「妳幹嘛出來嚇他們！」金禱嵋慌慌張張的迎上前，「妳出來前要打聲招呼，好歹把腳變出來吧！」

「我是被輾斷雙腳死的，我沒腳啊！」安琪很委屈的看著他，「而且我超矮的，用飄的比較高，比較有自信。」

「哦……這樣啊！」金禱嵋一副瞭然於胸的樣子，「我懂我懂！可是啊，女孩子身高不是問題，個性溫柔可愛才重要！」

「真的嗎？」安琪眨著大眼，很開心的看著他。

這……這是什麼情況啊？三個嚇白臉的人，完全插不上話就算了，還得看著一個應該是活人的「人」，在跟一個沒有腳的「鬼」談笑自如？

「真的真的……咦？對了，妳跑來幹嘛？」金禱嵋瞥了三個呆愣的人一眼，「我跟妳說，他們之中有一個人喔，好像……」

「被抓走了，已經死無全屍啦。」安琪說得一副事不關己的樣子……也對啦，關她屁事，「現在大家要來找他們了，三個活生生的人，大家都很興奮！」

「噯呀！怎麼這樣——」話才說到一半，金禱嵋眼睜睜看著一波波的鬼，現身在他眼前！

跟跨年晚會一樣，數不盡的鬼們，擠滿了整條馬路，把他們包在中間了！

照舊，尖叫聲一定先此起彼落，金禱嵋也只能眼巴巴看著他們跑到他身後躲著……這種躲法一點意義也沒有，因為他們是圓心耶，四周圍都嘛是好兄弟。

「那個……不好意思。」金禱嵋歉意的笑笑，「我們不是故意要闖進來的。」

「不是故意的？哼哼……嘻嘻嘻……闖進來就別想活了！鬼祭的重頭戲啊！」

煙火倏地上升，炸出一團燦爛的美麗，金禱嵋想起偷聽到的話，每一道絢爛的煙火，都是一個人類的靈魂啊……

這麼的美麗，卻也如此的短暫。

鑼鼓喧天，冥紙如同花瓣般灑落，他們四個人曾幾何時，已經被圈在一個鐵籠子裡，被幾個鬼扛著往前遊行。

最前面有個偌大的舞台，舞台上有各式各樣的表演，現在正在上演國劇，而後頭的佈景上，立了根柱子，上頭綁著一個人……只是那也不算綁，因為柱子是直接跟串燒一樣的穿過那個人的身軀。

「……阿、阿泰……」阿誠哭喊著，看著舞台上的人，「那個人是阿泰啊！」

「他已經死了。」金禱嵋很認真的回答，那個絕對不是人。

「嗚……」女孩子們也搗起嘴來，全身不住的發抖。

激烈的鼓聲在急促聲之後戛然停止，國劇表演完畢，台下報以熱烈的掌聲。

然後，他們被抬上了舞台。

「闖進鬼祭的人類啊……」威嚴的聲音傳來，金禱嵋認得那是剛剛具有地位的聲音，「擅闖鬼祭，是為了什麼？」

「自殺……」金禱嵋很無奈的回答，「我本來要跳海的，我進來前不知道你們在辦祭典。」

城隍爺惡狠狠的瞪著一旁瑟縮的小鬼一眼，「你沒有看見施工中的標誌嗎？」

「啊？沒有啊！」他認真的回著，他進來前啥都沒有！

阿誠則是心虛的皺了眉，他們有看到，但是那時車子是阿泰開的，醉酒的他啪的就闖過去了。

「吃！吃掉他！瓜分他們的靈魂啊！」

「我要吃女的！女的最柔嫩呢！」

群鬼開始鼓譟，他們怎麼可能放過祭典的最高潮呢？

城隍清了清喉嚨，現場一片寂靜，他並不想濫殺無辜，但是這活生生的人類味道太香、血液充足，他能制止群鬼高昂的情緒嗎？

這是鬼祭呀！

「這是你們的命！」他落了這麼一句，群鬼尖叫歡呼著，歡聲雷動！

他們被扛上舞台，群鬼們指著後頭的阿泰，想要先料理這個有命債的人；阿泰的魂魄被柱子插著，恐懼的不停哭喊。

「阿誠！阿誠！」他哭著，紅色的血淚流著。

「以下抽獎抽中的人，可以上來分食他的靈魂——」清亮的主持人拿出一個箱子，箱子裡是一顆顆的眼珠。

金鑄嵋很訝異的看著勁辣的女主持人，是安琪耶！難怪她說她是當家花旦！

被抽到的鬼咻的衝上來，搶過眼珠子裝回自己身上，他們折著手指頭，讓如刀般的指甲伸了長——緊接著，用指甲片大小的刀子，一片一片的剮下阿泰的皮膚。

嚴格說起來，是一口一口的吃掉他的靈魂。

阿泰的叫聲幾乎要穿過耳膜，金鑄嵋摀起雙耳，不想聽也不想看……阿彌陀佛喔，早知道他就決絕一點的跳下去，落到這種下場，被吃完後，不就表示靈魂都不在了？

須臾數秒，阿泰的靈魂被吃得乾淨俐落，連一絲都未曾留下。

然後，是眾人期待的小欣。

「等等！吃我！先吃我吧！」金鑄嵋緊張的大喊著，「我是來自殺的！理應先吃我吧！」

他抓住鬼，用力的想擠出鐵籠。

「你想死還怕沒機會嗎？」小鬼嗤的一聲，舉起手裡的尖叉，就想往他手背刺入。

「住——手！」

一陣強烈的陽氣震了過來，在這鬼域裡異常突兀。

出聲的人像是憑空出現一樣，從舞台前不遠處冒了出來，金禱嵋瞪大了眼睛看著台下竄出的人影，嚴格說起來，是兩個人。

「……小珮？」他失聲喊了出來，「小珮！」

小珮緊攀住身邊男孩的身體，不穩的足尖著地，整個人依然覺得天旋地轉，而且有點想吐。

沒想到進入陰界是這種感覺，好不舒服。

「小珮，上頭那個是妳舅舅嗎？」賀正宇瞇起眼，好個……厲害的角色啊！

咦？小珮聞聲抬首，果然在舞台上方，看到一個熟悉的人……即使舅舅一臉落魄又鼻青臉腫，她還是認得出那是她的舅舅——而且還是活的！

「舅舅！你在搞什麼！大家都急死了！」小珮忍不住的喊了起來，激動得差點落淚。

兩天前家人就在找舅舅了！阿嬤說他手機不通，打給他同學也沒人知道他的下落；最後託大一新鮮人的小珮去找，雖說輩分上有差距，但事實上他們才差兩歲而已。

在同一所大學裡，小珮立刻按照住址前往，門叩了半天沒人應，她卻看見一個面目全非的鬼，黏在舅舅房邊的牆上吃吃的笑著：「死了……這個人快死了。」

害得她緊張的去找房東，房東卻說他前兩天早就把舅舅趕出宿舍了，這讓她又氣又急；聯絡之中，突然接到舅舅女友的電話，她在電話那頭哭哭啼啼的說，舅舅寄了封信給她，說他要去自殺了！

大家報了警，開始四處去尋找下落，她跟舅舅不熟，只記得是個明明很老實卻時運總是不濟的人。

她憂心那地縛靈說的話，所以派以前從酆都跟來的小鬼去探尋，回報的結果是：他不在人界！

小珮大驚失色，立刻找上男友正宇幫忙，畢竟他有來回陰陽界的經驗，又有高強靈力；賀正宇本來不喜歡管閒事，但女朋友的事就是正事，他起了壇先確定鬼界有沒有金禱嵋的蹤影，四方鬼眾沒什麼人理他，只有留守的鬼用很哀怨的神色瞪著他說：大家都去參加鬼祭了——包括那位金禱嵋。

於是乎，他們直接來到了鬼界，因為小珮的舅舅人在鬼界，卻還不是個鬼，就表示還有希望！

「你們跑來做什麼？」幾個高官認得賀正宇，皺起眉頭，「挑鬼祭來，你們不想活了嗎？」

「打攪了，我找那位先生。」賀正宇倒是從容自若，「他是我女友的舅舅，能不能放他一馬？」

台上尖叫聲四起，阿誠他們也渴望的看著他們，希望他們也順便被解救一下。

「不成。他現在是祭品，你沒看大家等著分食嗎？在鬼祭中能吃到活人的靈魂跟血肉，會增加修行功力的。」城隍以眼神暗示，賀正宇不知道自己跟旁邊那位女生，是上等的補品嗎？

他當然知道，只是不在乎。「主意別打到我身上，小心我堂姊讓你們魂飛魄散。」

一聽見他提堂姊，現場所有鬼眾們立刻肅然起敬，直打哆嗦。

「舅舅！快跟我回家，阿嬤急死了！」小珮伸出手，吆喝著。

「可是我……」金禱嵋回頭看向阿誠三人，「他們可以一起走嗎？」

『不可以——』群鬼立即鼓譟，甚至有人衝了上去。

現場登時陷入混亂，大夥兒為了捍衛美味的食物，紛紛衝上前去，失了控的要拆解那籠子，不想再按照規矩抽籤分食，誰搶到誰就能吃了他們！

安琪大聲制止也沒人聽，就連城隍爺怒吼也無人搭理了。

人類靈魂的美味，已經讓眾鬼瘋狂了。

不知道誰扣住了金禱嵋的手臂，張嘴就咬了下去！「哇呀呀——」

他痛得慘叫，小珮急忙的想衝上前去，卻被賀正宇拉住，他們這種情況上前，豈不白白送死。

突然，一道白光自金禱嵋身後迸射而出，那光是炙熱而光明的，正準備將他撕扯開來享

用的鬼眾們，在慘叫中成了一片煙霧。

一旁已經在啃咬的鬼們也遭受波及，轉瞬之間，舞台上一隻鬼都沒有，全數挫骨揚灰，無人倖存。

及時竄逃的身受重傷，全都嚇得瑟縮到城隍、判官……還有人類身後。

光芒倏地回收進金禱嵋的背後，他業已失去意識，低垂的頭搖搖晃晃，身上的白光濛濛一片，形成一個人形；其他三個人也很忙，倒在地上繼續失血。

「這是我的人，誰敢動他？」一個威嚴冷酷的聲音自天際傳來。

城隍後退了幾步，恭恭敬敬的彎下腰桿子，不敢迎視。

「不敢不敢……」

「憑你們這些小鬼就想吃他？真是不知好歹！」那聲音震怒非常，「看我不把你們全部殺了不成！」

哀聲四起，小珮看得目瞪口呆，她怎麼不知道道舅舅身上有這麼厲害的傢伙？

忽而，白光身後又冒出一陣青光，青光形成另一個人形，現場又倒抽了一口氣。

「就是啊，論排隊，我也比你們早嘛……」這個聲音，帶著一些哀怨悲涼，「不懂事的孩子呀，有神守護的人類你們也想染指？」

「他們不是故意的，是自己誤闖鬼祭的。」賀正宇忽地開口，「這件事是否可以到此為止，只要讓我女朋友順利帶回她舅舅就好了。」

白光與青光同時轉向他這邊，他們喃喃低語著，小珮緊張的發著抖，可是卻還是很鎮靜的指向金禱嵋：「他是我舅舅啊，他留了封遺書要自殺，大家都很緊張。」

「自殺？呵呵呵……哈哈哈！」白光狂笑起來，「他要自殺還得經過我同意呢！哈哈——快帶他走吧！」

須臾，那兩道光完全收進金禱嵋的身體裡，而他跳開了眼皮。

「咦？」金禱嵋有點愕然的看向台下一票抖個不停的鬼魂們，「哎，我剛剛好像聽見了……」他向左手邊一望，「噯呀！流血了！他們流血了！」

金禱嵋衝到阿誠身邊，他的頸子已經快被啃斷了，早已奄奄一息；另外兩個女生全身都在流血，哭泣不已。

「舅舅，拜託你的守護神救救他們吧！」賀正宇挑起一抹笑，神秘兮兮的。

「嗄？你在說笑話嗎？我哪有守護神？」金禱嵋失聲而笑，要是有的話，他今天會衰小到這種地步嗎？「有誰可以救救他們嗎？他們也不是故意的，拜託誰來救救他們？」

金禱嵋沒看見，他的左邊竄出一隻白手、右邊後方伸出青色的手，分別在三個人身上一轉，傷口就在他眼前漸漸癒合！

「哇……好樣的！太好了！」他開心得跟什麼似的，完全忘記自己也曾身在危機之中。

小珮等不及的也上了舞台，拉著金禱嵋要離去，他一臉愧疚的道歉，然後攙著仍舊虛弱的阿誠走下了舞台。

他往前走一步，惡鬼們就嚇得向後退一步。

「你是小珮的男友喔？謝謝你喔！」金禱嵋傻笑起來，「你可以幫忙把他們也帶回去嗎？」

「當然可以。」雖然他不是百分之百的情願。

「那好，小珮，拜託你們了。」金禱嵋把人交給了他們，「我想想，我剛剛從哪裡來的……」

小珮一怔，趕緊拉住了他，「舅舅？你要去哪？」

總不會到了這當口，他還沒忘記自殺的事吧？

「我機車停在外面啊，我總要去牽回家吧？」金禱嵋一臉正經八百的樣子，「還有他們朋友那台敞篷車，擱在路中央也不好吧？」

小珮無奈的握著拳，她實在對這個舅舅沒轍！

「你真不像是個厭世的人。」賀正宇笑個沒完，他今天算是開了眼界了。

「啊……對厚！我是要來自殺的！」這倒提醒了金禱嵋，他看著後頭快閃到沒半隻的鬼們，只得笑笑，「看吧，我衰到連想自殺都不順利。」

賀正宇不再說話，他只是帶著笑容，握住金禱嵋的手。然後金禱嵋只感到一陣天搖地晃，好像有什麼塞進自己的身體裡，然後在感受到四分五裂的痛楚前，先聽見刺耳的喇叭聲。

一睜眼，他發現自己站在國道邊的護欄邊，眼前是一台白色的福特。

「舅舅，上車！」車窗搖下，是小珮。

是夢？金禱嵋迷迷糊糊的望著小珮，開了車門，裡頭已經擠了三個人：阿誠、珍妮跟小欣。

「不是做夢？」他困惑的唸著，擠進了車子裡。

「剛剛……是怎麼回事？」他攀著椅背，問著前頭的小珮。

小珮回過了頭，聳了聳肩，「以後別自殺了，舅舅，你不會成功的。」

「啊？」金禱嵋無奈的低下頭，「唉，是喲，連自個殺都這麼麻煩……」

某議員的兒子失蹤案鬧得如火如荼，他的車子扔在九號國道路邊，人卻消失無蹤；當日一起共乘的朋友們說他們吵了一架後分道揚鑣，此後再也沒有遇上，反而是遇上了其他好心人士才載他們出來。

追查至今，光是那晚為什麼沒有施工的國道會封閉都沒人知道，那條公路罕有人煙，現在又出了離奇失蹤案，目前索性無限期封鎖國道，等事情告一段落之後再說。

而金禱嵋，現在在學校附近的便利商店打工，日子一如往常，時運不濟。

「我沒想到舅舅有守護神耶！」小珮遠遠地，跟男友一起走向便利商店。

「那是附在護身符上的——貨真價實的神明。」賀正宇竊笑不已，真的是一絕。

「是嗎？原來他的曾祖父當年用心良苦，聽說他剩一口氣拚命指著那箱子，就是為了化舅舅的劫啊……你是在笑什麼啊？很機車耶！」

「妳確定那曾祖父是叫他戴上護身符？還是叫他千萬不要戴？」賀正宇挑了挑眉，相當詭異。

小珮疑惑的看著他，兩個人一起走進便利商店。

「舅舅！」她看著正在上架的金禱嵋，打了招呼。

「嗨！小珮啊！」金禱嵋開心的笑著，「今天有新書上架喔，妳要不要先買回去看？」

「咦？真的嗎！大夜真好，可以先看到書耶！」小珮走了過去，把這一檔靜海精靈的書全拿走了。

「跟男友出來買宵夜，真好！嘿嘿！」

「你呢，過得好嗎？」賀正宇難得開口，滿臉卻止不住笑意。

「唉，算不錯囉！突然有房子可以住、又找到打工，不過我跟女友分手了，最近也提不起勁來把妹……總覺得我好像不應該談戀愛似的！」金禱嵋一一結著帳，「算了，我現在過得比以前順利一點點，這樣我就很開心了。」

賀正宇笑得更深了，他喜歡這個小舅舅，不僅隨遇而安，又相當知足常樂。

「對了，那天晚上，好像是我身上的什麼救了我……我隱約有感覺，你知道是什麼嗎？」

「那不重要。」東西裝袋，該走了。

「小珮，那真的是我的守護神嗎？」金禱嵋轉向第二人證。

此時此刻的小珮表情很詭異，圓睜著眼，然後緩緩的點了點頭。

「他們長什麼樣？還是有說自己叫什麼？」

「你只要知道他們是神就好了。」賀正宇摟過女友，立刻往外走去。

他們下了階梯，走在夜路上，小珮驚慌的抬頭看向男友，再回頭看向便利商店。

在便利商店天花板的圓鏡裡，映照著金禱嵋的身影——以及他後面三個影子。

「沒有必要告訴舅舅嗎？」她低吼著。

「有必要告訴一個人：他身後跟了一個死神、死神後面是衰神嗎？」他可不以為然。

「可是……還有……」

「那個女鬼嗎？可能是愛慕者吧？沒什麼不好的，她在制衡他的倒楣運，沒有人會讓愛人受傷的。」

「……」小珮嚥了口口水，「舅舅他那個護身符……」

「唉，有守護神，真好！」

番外・邪咒校區

她一直覺得學校有問題。

這是說不上來的感覺，但是她就是覺得一踏進校門，就感到陰風陣陣，毛骨悚然；連現在在校門口的糾察、教官，甚至是其他班掃地的同學，她都覺得那不像是人。

「老師早！」路過的女孩向老師道早安。

她停下腳步，戰戰兢兢的望著值日的老師，勉強擠出聲音，「老……師……早……」

老師瞥她一眼，像是在責備她一大早這麼沒精神似的，但沒有其他反應，她快步的進入學校。

一踏進學校，左為行政大樓右為禮堂，門前許多正在打掃的學生，早自習前是打掃時間，外場的落葉總是特別多。

好怪，她覺得昨天那個女生掃地的姿勢也是這樣，葉子的數量分佈似乎也差不多啊……

「嘿！黃小瑜！」後面突然有人用力拍肩，嚇得她魂飛魄散！

「哇呀！」她跳了起來，「妳──」

「哈哈哈，嚇、到、了！」後頭是同班的暖暖跟小牛，笑得可燦爛了，「早安啊！」

「妳們幹嘛啦！」黃小瑜拍拍胸脯，「嚇死我了。」

「這麼好嚇！」她們打趣的望向她，「妳在看什麼啊？」兩個女生不約而同的也往禮堂門口在掃地的學生看去。

暖暖她們平時跟她挺要好的，大家感情也不錯，但是……她現在也覺得她們倆怪怪的。

「沒、沒什麼！」黃小瑜低下頭，匆匆想離開。

「噢，賣什麼關子啦！」兩個女孩一左一右的上前，勾住她的頸子。

她用力搖頭，身邊上學的學生們一一走過。

然後……咦？黃小瑜戛然止步，驚愕的看著剛從她身邊經過的身影，微張嘴說不出話，右手忍不住舉了起來。

「那個……那個……」

暖暖她們紛紛看向她指的方向，「哪個？」

郭文秀！她瞪圓雙眼看著那背影，那是郭文秀沒有錯啊，那瘦小怯懦的身影，就算不是同班，她也知道郭文秀被隔壁班沈心蘭霸凌的事情！

最重要的是，她，已經死了啊！

「郭文秀啊，妳幹嘛這麼吃驚？」暖暖好奇的問。

啊啊，大家不知道她已經死了。

她是意外知道的。

一個星期前郭文秀被沈心蘭那票帶去禮堂後，就沒有再出來，原本她也不作他想，可是前幾天……她到學校附近的賣場買東西時，卻看見沈心蘭她們那票下車，偷偷摸摸的溜進學校裡。

禁不起好奇心，她偷偷尾隨，發現她們從禮堂後門溜進去，禮堂後門有條既陡又小的階梯，通往禮堂舞台後的隔間，是給使用舞台的工作人員進出專用的；為了不打草驚蛇，她選擇躲在樓下等……沒多久，就看見一群女孩子臉色蒼白、連滾帶爬的衝出來。

然後，她上樓了，鼻息間聞到衝鼻的腐臭味，乾嘔得痛苦，順著陡窄的木梯來到禮堂舞台後方，看見緊掩的儲物間，門縫下流出已乾涸的血以及……好多蛆蟲。

她抓了條抹布墊著，戰戰兢兢的把儲物間的門閂打開，現在回想起來依然懊悔不已！自己為什麼要這麼好奇——儲物間的門口，卡著郭文秀。

郭文秀就半躺臥在門口邊，身上爬滿蟑螂蟲子，靈活的蛆蟲在她屍身上蠕動，屍體已經發脹腐爛，惡臭緩緩瀰漫，她是掛在牆上的，血淋淋的臉龐望向儲物間深處。

因為牆上有根釘子，她的後腦勺穿進那根釘子裡，所以她「掛」在上頭。

之前鮮血如注也已乾涸，她臉上是褐紅色的血跡，一張嘴巴撐到極致，彷彿差一點就要

裂開；她佈滿血絲的眼球爆凸，臉孔朝內……朝向堆疊的課桌椅，以莫名但驚恐至極的表情，結束了十七歲的人生。

她忍住了尖叫，瞬間明白沈心蘭她們做了什麼好事！再看向乾淨的地板、重新關起的門，就知道她們在驚恐之餘，還是不想讓別人知道她們進來過！

所以衝到木梯邊的她又折返，好整以暇的重新關上儲物間的門，倒退的走出後台，掃去自己的腳印，走下木梯、離開禮堂……或許沈心蘭不記得自己忘記鎖上禮堂的門，平時禮堂絕對是上鎖的，沈心蘭是話劇社社長，才擁有小門的鑰匙。

顧不得一切，她頭也不回的奔離學校，恐懼又期待著新聞能報導郭文秀的死。

結果沒有。

沒有任何報導，彷彿也沒人知道郭文秀已經死亡，她打了個寒顫——她究竟是什麼時候發現學校怪怪的？知道郭文秀死亡的那天？還是？

「妳說，郭文秀怎麼了嗎？」身邊的小牛聲音突然低了八度。

「咦？」黃小瑜倉皇的看向她，小牛的臉色也變得相當冰冷，「妳不會要跟我說，她已經死了吧？」

什麼！黃小瑜倒抽一口氣，嚇得往後踉蹌兩步，另一雙冰冷的手抵住她的身子，「妳說啊！」

後頭的暖暖也斂了神色，用冷傲的眼神瞪著她。

「沒有……沒事。」她不知道自己哪來的本事流利撒謊，「我只是以為她會轉學，之前看見沈心蘭把她拖進禮堂……」

幾乎是一秒鐘，兩張冰冷的臉孔瞬間綻開笑容，「哎呀，我們還以為什麼大事呢！」

那笑容極度燦爛，如同她印象裡的同學……但是，更像是一張面具！

「走吧，快到班上去。」兩個女孩突然再度一左一右，彷彿架著她似的往前跑，「今天是很棒的日子呢！」

等等……為什麼她們要拉住她……放開！她不想跟她們在一起！

好可怕啊！這些同學為什麼讓她打從心底覺得發寒！

一進教室，她彷彿看見所有同學都戴著面具跟她打招呼，嚇得說不出話，立刻衝出教室要上廁所，卻剛好撞見隔壁班更加驚人的景況——郭文秀走進了教室，門口的沈心蘭、林珮雯等人，刷白著一張臉動彈不得！

她們知道！她們也知道郭文秀早就死了，那現在走進教室的是「什麼」？

好可怕！她不顧一切的衝進廁所裡，這一切一定是夢對吧？死人怎麼可能復生呢！

「黃小瑜。」

驀地，暖暖的聲音在女廁門口響起。

「妳躲到哪裡去了？」小牛的聲音重疊著，「怎麼這麼不乖，還亂跑呢？」

黃小瑜嚇得摀緊嘴巴，她們為什麼要來找她！只是上廁所，來找她也太有同學愛了吧！

「妳看得見對吧？」暖暖走進廁所裡，無神的眸子盯著左邊倒數第二間廁所，「有活人混進來了。」

「無所謂吧，重點不在她。」小牛的聲音毫無起伏，「血的饗宴不是就要開始了？那不是我們的目標啊……」

「嗯……」暖暖沉吟著，一步一步走進來，但是沒有腳步聲。

黃小瑜蜷縮在角落裡，右手掩嘴，左手抱著頭，整個人都想埋進雙腿間，但是她雙腿抖個不停啊！她們剛剛說什麼？有活人混進來了？

換句話說，她們是死人嗎？

砰砰！門陡然響起，還伴隨著震動，黃小瑜差點就尖叫出聲了！她緊咬住自己的手掌，驚恐的望著門板，淚水狂流。

「我們都聞得到，知道妳在裡面……」暖暖貼在門板上說著，「妳最好等到結束再出來……否則不保證妳會出什麼事。」

聞得到……嗚嗚，聞得到她是活人嗎？

「時間到了就快走，千萬不要待在這裡。」小牛適時插話，「怎麼老是有這種誤闖者……」

「體質比較敏感的人吧？或是剛好生死交關？」暖暖嘻嘻笑著，「不過倒是挺好吃的。」

她們在說什麼啊！她怎麼知道什麼叫時間到了——「等等！」

無法克制的她，自己吼了出來。

廁所裡一片寂靜，沒有聽到任何回應，黃小瑜顫抖著望向門板，為什麼不回答她？她們已經出去了嗎？

「我想知道……我什麼時候可以、可以離開啊……」抽抽噎噎，她泣不成聲的自言自語。

沙……詭異的聲音自頭頂傳來，惹得黃小瑜一顫。

「妳不是能感覺嗎？世界交換時自己要去找啊！」聲音竟來自上方，黃小瑜嚇得抬頭！

兩個同學伸長了頸子，真的只有頸子，柔軟如長頸鹿般，長頸從門前飄上，乃至天花板前停止。

「要把握機會喔！」小牛用正常的臉龐笑著，「錯過了，妳就準備掰掰囉！」

呀呀——黃小瑜內心尖叫幾百回，現實卻一句話都說不出來，「這裡、這裡是哪裡？這不是學校嗎？」

兩個少女互看一眼，玩樂般的把頸子纏成了麻花捲，「這裡是酆都啊，嘻嘻嘻……哈哈哈……」

咻，眨眼間頸子向下收回，黃小瑜失去了她們的蹤影。

「千萬不要出來喔！」

「被切成碎片可不要怪我們喔，嘻……」

救命——緊抱著頭，這太誇張了，她只是來上學而已，為什麼會發生這種事！

誰來救她，誰來救救她啊——

「呀——哇啊——對不起！對不起！」

很快地，外頭的慘叫聲不絕於耳，簡直可以用此起彼落來形容，黃小瑜整個人躲在原地根本無法動彈，她聽見齊聲的呼喊、驚恐的尖叫，有些聲音她好像聽過，似乎是沈心蘭他們班的人。

除了尖叫聲外，其他什麼都聽不見，明明聽見有人經過廁所門口在說話，但是完全沒有腳步聲……她仔細想過，她們說這是酆都，那便是鬼城，所以她今天看到的都是鬼……

這不是學校啊，她會覺得怪異，就是因為從老師到學生，沒有一個是活人！

這樣就能解釋，為什麼郭文秀會好端端的上學了！

「南無阿彌陀佛，南無阿彌陀佛，南無阿彌陀佛……」

她只能不停的唸著佛號，希望不要有任何鬼來找她，她沒做過什麼壞事，跟郭文秀或是沈心蘭都不熟，她真的真的只是來上學而已。

噠噠噠，突然有明顯足音經過，黃小瑜倏地抬頭。

那足音奔過女廁門口，突然止步，又踅回，「有人在嗎？」

她下意識摀住口鼻，不讓自己呼吸。

「有活人在嗎？」那是男生的聲音，不確定般的問著，「我也是活人，我想確定一下還有別的活人在嗎？」

咦？黃小瑜瞪圓雙眸，也是活人？

「我沒時間耗，還有別的活人也在這裡晃的話，我數三聲——」

喀啦，她慌張的推門，雙腳蹲得太久早就麻了，一出來踩都踩不穩，直接仆倒在冰冷的磚地上！

「欸！」男孩趕緊奔入，將她扶起，她明顯感受到他的體溫，「沒事吧妳？」

「啊……啊啊啊……」淚水奪眶而出，黃小瑜緊扳住他的手，「有溫度，有……」

「我是活人，跟妳一樣。」他溫和地說，為她拭去淚水，「來，站起來，妳得快去會合點。」

黃小瑜被拉站而起，需要幾秒鐘的時間讓麻痺的雙腳血液順暢，抬首看向男孩，一見到那張好看的臉，她略微驚訝。

「賀……賀……」她記得他是上一屆的學生會長，但是名字是？

「賀正宇。」他微笑，「現在不是自我介紹的時候了，妳在這兒的是靈魂，妳的軀體留在原本的世界，不快點回去會死的。」

「什麼？」她傻了，「我、這是靈魂？靈魂出竅？」

「嗯，應該發生什麼意外了，這不重要，重要的是要設法回去！」他確定她能走後，立刻將她拉出，「學校現在腥風血雨，他們在虐殺霸凌者，不關妳的事，妳不要介入就好。」

她腦袋一片空白，還在想著她出了什麼意外。

「嘿！清醒點，我要妳到禮堂去。」

「咦？我不要！」她立刻回絕，「那邊、那邊——郭文秀的……」

賀正宇微怔，狐疑的打量她，「妳怎麼知道郭文秀的事？」

黃小瑜臉色一懍，發顫的搖首，一句話都說不出來。

「好，這也不重要，但那邊就是個轉換處。」賀正宇繼續說，「有幾個跟妳一樣的人在那邊，去跟他們一塊兒待著，時間到了就一起離開。」

還有別人也跟她一樣？「時間到，一直在說時間到，要怎麼知道時間到了？離開是走出校門嗎？還是——」

「冷靜點。」他抓住她的雙臂，「我知道這很難想像，但妳要面對事實，妳是靈魂身在鬼都，時間到時妳一定會知道，屆時大家一起緊牽著手，重新走出禮堂。」

她仰首抽泣，「緊牽著手，走出禮堂……正門還是後門？」

這女孩果然事前知道郭文秀已經死了！她從後門進去過……賀正宇在心中詫異，不明白除了把郭文秀關進去的人知情外，竟還有外人知曉。

「小門。」他催促著，「快，記住，大家都要緊緊牽握，不要放開任何一個。」

語畢，他將她往前推——咦？黃小瑜往前踉蹌，為什麼只有她？他要去哪裡？

「等等，我叫黃小瑜，喂——」黃小瑜回首，她身後已經空無一人。

空中隱約的還聽見奔跑的足音遠離，但是她沒有再見到任何人的身影。

這到底是怎麼回事！黃小瑜站在原地縮起雙肩，緊咬著唇又哭了起來，她出事了……現在是靈魂出竅，她快死了嗎？

為什麼會發生這種事？她抽抽噎噎的邁開步伐，往禮堂前去，路上聽見駭人慘叫聲，看見天空被血霧染紅，她不敢介入不敢停下，賀正宇說這是為了殺霸凌者，所以是郭文秀的反撲嗎？

好可怕，在學校欺負別人，會落到這種下場？

「呼呼……」終於衝進了禮堂裡，裡面只有一片陰森靜寂。

她從木梯走上，走到一半卻止了步。

她不要再往上了，誰知道上面有什麼？她現在什麼聲音都聽不見，說不定在上頭等她的都不是人。

她就站在樓梯間，絞著雙手等待，出口就在四階之遙，只要賀正宇沒騙她，她真的感應到時間到了——衝出去就好了。

其他人自己也該知道怎麼做，沒有必要一定要在一起……對，她抿著唇，壓下一切想哭的衝動。

外頭的操場上傳來怒吼聲與尖叫聲，有人齊聲高喊著沈心蘭的名字，每一聲都讓她毛骨悚然，緊接著是慘叫聲，她嚇得不自覺往上走了幾階，他們在殺、殺人嗎——

突然間，外頭傳來疾奔的腳步聲，黃小瑜驚嚇的再往上走數階，聽著聲音越來越近，她的恐懼感也加乘到最大！

一骨碌爬完木梯，她拉著一旁厚重的簾幕，立刻閃身躲了進去——同時，有人衝進禮堂了！

一個女孩從後門狂奔而上，簡直上氣不接下氣，黃小瑜偷瞄衝進儲物間的身影，啊啊，是林珮雯！

她……她也是霸凌郭文秀的一員啊！這麼說來，她會不會把那些鬼引來這裡！討厭！不要！各人造業各人擔嘛！

黃小瑜蹲了下來，希望簾幕把她全數覆蓋，沒有任何一個鬼怪可以找到她，她害怕的望著木梯的方向，不要有鬼衝進來，千萬不要！求求……

剎那間，突然一陣天旋地轉，她整個人往地面倒去。

「啊……」黃小瑜不穩的撐住地板，怎麼世界都在轉動？禮堂的地板跟海浪似的居然在起伏波動。

她，輕飄飄的……好像要飛起來似的……等等！

黃小瑜驚訝的張大雙眸，難道就是現在——時間到了！

她飛快地掀開簾幕，二話不說的衝下木梯，她明白賀正宇所說的「時間到了」！就是現在，她衝出禮堂後門，就可以回到原來的世界了——唰！

黃小瑜奔出了小門，紮實踏上水泥地，天旋地轉的現象全然消失。

迎接她的是寶藍色的天空，校舍跟禮堂邊的綠樹。

「咦？」她仰頭看天，居然天黑了？「現在是晚上嗎？」

狐疑的打量自己的手腳，她安然無恙，不像出意外的樣子……難道只是暈倒？思索著，她繞出了禮堂後門，往校園走去。

學校空無一人，夜幕無星辰，校園裡沒有一盞燈，但是她卻看得清晰，天空的寶藍色透著光，世界並非漆黑一片，這是很怪的天色。

與其說是晚上，不如說像是太陽即將昇起的凌晨。

「哈囉——有人嗎？」她扯開了嗓子，「哈囉！賀正宇？」

一邊喊，她一邊焦急的往校門口去。

警衛室沒有燈光，她惴惴不安，不明白為什麼離開了酆都，會是夜晚的學校……而且這天空，說暗不暗，相當詭異。

「啊，悠遊卡在教室。」她發現身上空無一物，但是現在要她回教室……回身望去，所有校舍都是一片黑，「算了，坐計程車回去，再請媽媽下來！」

打定主意，她小跑步的往校門奔去。

校門緊閉，遠遠的就可以看見鐵門早已關起，不過那種鐵架門很好攀爬，她不需要花多少時間——

「嘿！」黑暗中突然傳來聲音，下一秒有人勾住她的肩！

「哇——」黃小瑜失聲尖叫，驚恐的往左邊看去，發現她居然正好在禮堂正門前！

勾著她肩頭的，是暖暖，「妳怎麼還在這裡啊？」

「沒有回去嗎？」右手邊冷不防的冒出小牛，她甚至不知道她們怎麼出現的。「不是跟妳說時間到要回去的嗎？」

什麼意思？她開始掙扎，「不要碰我！放開我！我明明離開了——我從後門離開了！」

暖暖跟小牛一左一右，像早上一樣搭著她，根本不打算鬆手。

「哎呀，通行證呢？」暖暖笑著說，「我記得有個男生取走通行證了啊！」

「是啊，應該可以一起回去的，妳MISS了喔，小妞。」小牛的雙眼在黑暗中熠熠有光，燃燒著某種慾望。

通行證？有這種東西嗎……等等，賀正宇說要一起走，她們說有男生取走通行……手牽著手，絕對不能鬆開！

難道賀正宇把通行證給了其中一個人，所以讓她去禮堂裡跟大家會合的嗎？

啊啊啊！可是她躲在旁邊了！

「啊！」突然間，肩頭一陣刺痛，她轉向暖暖，「好痛，妳不要拉我！」

「我的。」暖暖沒有理她，而是直視著她右手邊的小牛，「我先找到的。」

「少來，我現在可是勾著她的右手。」小牛緊握著她的右手腕，向下一扭，「早上是我們一起找到的。」

「妳放手！這是我的——」暖暖倏地猙獰咆哮，使勁拽扯著她的手臂，「我的獵物！妳休想搶！」

「我死也不會放！」小牛尖聲嘶吼，扣緊她的右手也向外拉，「我要吃了她！」

「不不不不不！」黃小瑜驚惶駭懼的尖叫著，「不要吃我，我不是故意的，快點放我回去，我——呀——」

剎，眨眼間，黃小瑜被撕成兩半，血珠紛飛！兩位「同學」瘋狂大快朵頤，黑暗中的校園地上冒出了更多聞血而來的惡靈，貪婪的湊了過來。

黃小瑜瞪圓著雙眼望著地上，好痛……為什麼……為什麼她還感覺得到？一雙雙紅色發光的雙眼亮起，轉眼間滿佈了整間校園。

為什麼……為什麼她回不去啊啊！

嗶———心電圖發出長而平板的聲響，心跳曲線圖呈現一直線，醫生不忍關掉了儀器。

「很遺憾。」醫生沉痛的對家屬說著，家屬們早已泣不成聲。

病床上躺著裹滿繃帶的少女，今天上學時，她被超速右轉的聯結車撞上，剎那間連人帶腳踏車被捲進車底，再被捲進巨大的輪胎中。

身體撕裂，但到院前居然殘存一口氣，經過搶救後恢復心跳，手術縫合後也保住一條命，原本大家都滿懷希望，期待她能好轉甦醒，但是……

「徐醫生！」護理師焦急的進來，「對不起，705 病房的學生……」

醫生立刻向家屬致意，旋即轉身離開這間病房，趕往另一間更危險的 705 號房病人！

今天是怪異的一天，附近一所高中的學生居然在同一天發生多起意外，全部都發生在上午上學期間，幾乎都是車禍，也都同時被送到就近的醫院來。

不分輕重傷，每一個人都陷入重度昏迷。

徐醫生衝進病房，躺在病房上的男孩上午被小貨車撞個正著，傷勢極為嚴重，原本已經聯絡家屬，一旦確定腦死，就要進行拔管的。

現在，男孩卻睜著惺忪雙眼，望著他手上的筆電筒。

「欸……」他嫌刺眼的皺眉，居然還能動手把醫生的手撥開，「其他人呢？」

「咦？」徐醫生跟護理師不免錯愕，一醒來就能說話？「什麼其他人？」

「今天，發生意外的所有同學們……」他沙啞的說，「都……醒了嗎？」

徐醫生詫異非常，這個少年為什麼會知道他們學校，也有其他出意外的學生？

「那個……你是最嚴重的，除了你之外，都在剛剛不久前醒了……啊！不對！」徐醫生擰起眉，「有個女生，叫黃小瑜，幾分鐘前走了。」

黃小瑜，男孩痛苦闔上眼，是躲在廁所那個？怎麼會沒有出來呢？

通行證他明明交給了一個大個子，只要大家能牽著手，由大個兒領頭，在正確的時間通過禮堂後門，那陰陽交界處，大家應該都能回來啊！

究竟發生了什麼事？

「幫他做仔細的檢查，賀同學，你先休息，你家人一會兒就到了。」徐醫生溫和的說，他緩緩點點頭

幽幽望向窗外，一場霸凌、一場屠殺，最終還是把無辜的人捲進去了。

出不來的靈魂，在那剛歷經殺戮之處……唉，他闔上雙眼，只能幫她多做點法事了。

這一輩子，她都離不開學校了。

國家圖書館出版品預行編目資料

鬼都 / 笭菁作. -- 初版. -- 臺北市：
春天出版國際, 2015.08
面； 公分
ISBN 978-986-5706-80-7 (平裝)

857.7 104013727

ISBN 978-986-5706-80-7
Printed in Taiwan

作者	笭菁
封面繪圖	Cash
美術設計	三石設計
總編輯	莊宜勳
主編	鍾靈
編輯	黃郁潔
出版者	春天出版國際文化有限公司
地址	台北市大安區忠孝東路4段303號4樓之1
電話	02-7733-4070
傳真	02-7733-4069
E-mail	frank.spring@msa.hinet.net
網址	http://www.bookspring.com.tw
部落格	http://blog.pixnet.net/bookspring
郵政帳號	19705538
戶名	春天出版國際文化有限公司
法律顧問	蕭顯忠律師事務所
出版日期	二〇一五年八月初版 二〇二一年五月初版十刷
特價	160元
總經銷	楨德圖書事業有限公司
地址	新北市新店區中興路二段196號8樓
電話	02-8919-3186
傳真	02-8914-5524

苓菁
作品

苓菁
作品

苓菁作品